李燕燕 著

重庆出版集团 重庆出版社

图书在版编目（CIP）数据

社区现场 / 李燕燕著. -- 重庆：重庆出版社，2021.4（2022.2重印）
　ISBN 978-7-229-15776-0

Ⅰ. ①社… Ⅱ. ①李… Ⅲ. ①报告文学—中国—当代 Ⅳ. ①I25

中国版本图书馆CIP数据核字（2021）第062088号

社区现场
SHEQU XIANCHANG
李燕燕　著

选题策划：李　子
责任编辑：李　子　陈劲杉
责任校对：李春燕
封面设计：回归线视觉传达
版式设计：侯　建

重庆出版集团　重庆出版社　出版
重庆市南岸区南滨路162号1幢　邮政编码：400061　http://www.cqph.com
重庆天旭印务有限责任公司印刷
重庆出版集团图书发行有限公司发行
E—MAIL:fxchu@cqph.com　邮购电话：023—61520646
全国新华书店经销

开本：890 mm×1240 mm　1/32　印张：7.5　字数：190千
2021年4月第1版　2022年2月第2次印刷
ISBN 978-7-229-15776-0
定价：45.00元

如有印装质量问题，请向本集团图书发行有限公司调换：023—61520678

版权所有　　侵权必究

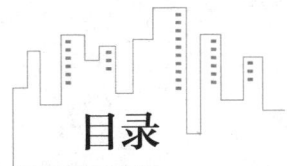

目录

推荐序一：其实，身临其境的现场一样可以唯美　　1

推荐序二：情系方寸之间　　1

前　言　　1

序章　2020年春，在疫中　　1

　　♥来自社区的问询电话　　2

　　♥居民总动员　　7

　　♥疫中百态　　19

　　♥山城行动　　31

第一章　大树枝干的最末端　　41

　　♥寻找"社区"　　42

- ♥ "模板社区" 51
- ♥ 我所见的"类型社区" 60

第二章　那些"婆婆妈妈" 73

- ♥ 公租房的"美丽阳光" 74
- ♥ 晏妮的调解故事 78
- ♥ "鸡毛蒜皮"见人情 85
- ♥ 刘德军笔记 90

第三章　发生在"城市化"中的故事 97

- ♥ 散落在乡镇中的城区 98
- ♥ "还建"奏鸣曲 105
- ♥ 从"村民"到"市民" 109

第四章 我在你身边,请鼓起生活的勇气	121
♥拉力	122
♥社区矫正	134
♥与保安老徐相关的故事	137

第五章 关于他们	145
♥打工者的蜕变	146
♥"入编"难题	149
♥老兵变轨记	152
♥别上党徽的"热心居民"	157

第六章 "老漂族"以及相关话题	163
♥为人父母的情义	164
♥冷暖自知	175

♥ "一碗汤"的距离	180
♥ 社区养老模式	186
第七章 "团结坝"的杨姐	191
♥ "最美城乡工作者"	192
♥ "扭到费"的杨姐	195
♥ 小杨，杨妈妈，杨婆婆	201
♥ "团结坝"招数	208

推荐序一：
其实，身临其境的现场一样可以唯美

杨春敏

2005年6月，在步入焦虑的中年以后，我在国有大企业重庆特殊钢公司宣布破产这一天随之下岗。为了生计，我做过很多工作：开过火锅馆、去过私企、当过销售、干过理货员，最后扎下根来一干就是15年的却是社区工作。有不同职务的人问过我同一个问题：在社区工作15年遇到无数的困难，什么理由让你可以坚持下来并决定干下去？尽管有千言万语想表达，萦绕心间的无数理由大抵汇聚成两个例子，兴许可以窥见一斑！

在中国的行政级别里面，是没有社区居委会主任这个职级的，因为这个职务是群众性自治组织的一个负责人（政治性群众组织），压根就不在体制内。在人们的认知中，自治组织跟跳舞的大妈、争议不断的业委会、各类公益性机构等差不多，所以显得那么渺小，甚至轻微。

2010年底，我所在的社区经过大规模危旧房拆迁以后，开始修建轨道一号线磁井中段。因为工程车到施工现场必须要经过团结坝社区的一个居民区，在开工之前，我主动到施工单位——某国企的某公司现场办公室，向现场负责人了解施工进度、务工人员成分，同时不忘宣传流动人口政策，提出文明施工建议，包括悬挂标语的地方、吃饭和休息的场所安全，等等。施工方领导人很客气，也很忙。他不停地看手表、打电话、探出头喊人这个那个的。我和两个社区干部在他眼中就像空气一样，在艰难中断断续续表达自己的想法。他脸上写着的"我很忙"让我极度自卑，我以小人之心揣度：也许明天在路上擦肩而过，他根本不记得我是什么人了。后来随着工程车进出越来越频繁，社区不停地接到群众的报告：工程车在居民区不减速，老人孩子安全得不到保障，特别是工程车撞烂了路沿、阳台、雨棚等从来不停车，我们追也追不上！还有就是工程车拉泥土没有搭布罩，车子一过，晴天一路灰、雨天一路泥，居民苦不堪言！有的居民开始威胁说："如果不能制止这种方式，就不让工程车经过居民区了！"为此我多次电联对方领导人，也多次被对方软"打整"，客气中透露出傲慢——我们是某某某的"部队"，是市重点工程，希望社区给居民做好工作，服从施工需要！我感觉自己黔驴技穷了，在无奈中等待，等待一个好的时机，好好跟施工方再"沟通沟通"。于是，在某年某月的某一天，一大串载满泥巴的工程车被居民拦在了路中央不准经过，施工方报警了。警察到现场后居民列举了很多工程车的"野蛮"行为，警察勒令施工方立即先停工，好好跟居民沟通！没有想到施工方拿出了"杀手锏"："是每天给多少钱？还是每一车给多少钱？还是单独给几个拦路的人多少钱？"没有想到我们的居民就有"富贵不能淫"的骨气，直接拒绝了他们的"腐蚀"，回答："我们不要钱，你们把社区领导喊来评理，如果觉得你们是对的，我们就让工程车过路！"我在最短时间赶到现场，在查看情况后请居民先让行工程车，不要影响施工进度，同时电联他们负责人一起在现场商量解决办法！结果原来很忙很忙的那位领导比曹操"跑"得都快，立马赶来了现场。他真诚的笑容让我受宠若惊之余备感自豪，原来社区的资源如此丰富啊！他认真记下了居民的每一个诉求，认真听取了我的每一条建议并立即实施。施工方拿出了最大的诚意，快速修复了撞坏的所有阳台和雨棚，每天派人清扫工程车过路撒漏的泥土，主动为居民修路，捐赠体育器材；如果需要夜间施工，主动向社区报备，我们再传达给居民群众，请他们做好相关准备，传统节日扶贫助困等。我们的居民克服了一年来工程施工给他们造成的近距离纷扰，配合施工方完成了施工任务。工程结束后，施工方给社区送锦旗的时候说过这样一段话：他们承接过全国很多个城市工程，也跟很多个社区打过交道，其中，团结坝社区最有担当，团结坝社区的群众最有素质！我自己没觉得有什么，但听别人夸社区和社区群众，觉得还是蛮欣慰的。我忽然对自己的工作有了新的认识，原来别人（企业）需要、群众需要可以高度结合，让每一方皆大欢喜！

第二件事是，我们社区有 45 户靠近詹 1 拆迁区域的平房被鉴定为 D 级危房，这些是 20 世纪 50 年代修建的房屋，房屋的安全隐患堪忧。由于房屋的结构问题，无法实施有效的维修，街道和社区多次上门挨家挨户走访过，劝解居民搬离，提醒他们投亲靠友，但居民群众以各种理由拒绝搬出来。有一次几个居民怯生生地到社区来找我,他们说:"不是我们不想搬走,确实是各种原因不想搬,杨书记帮我们反映一下,有机会帮我们拆迁!"我记得一个居民拉着我的手说:"杨书记,你不要烦我们天天来找你,我们都是普通老百姓,除了你再认不得其他领导,我们只能来找你了!我们晓得你工作忙,也为我们操了很多心,我们都觉得惭愧,帮不到你还给你添乱,对不起了!"说完她内疚地哭了。当天晚上,我把她的这番话在电话中说给了我们街道时任党工委书记邓朝霞,朝霞书记哭了,她说:"春敏,团结坝这45户的情况我一直装在心中的,这些老百姓没有任何'关系',我们两个书记就是他们唯一的'关系',这是希望也是对我们的要求。我们一起来努力,争取早日解决他们的居住问题!"从那以后,但凡有领导来团结坝,无论什么原因,朝霞书记都会把领导带到这个片区汇报情况。我永远记得她每一次的不遗余力、每一次的滔滔不绝。她没有食言,在离开石井坡担纲其他领导岗位之前她做到了促成了周边106户全部拆迁!当然,拆迁不拆迁真不是哪一个领导说了算的,它涉及很多方面的因素,比如地区经济发展需要,比如群众需求与政府投入的有效匹配,等等,我想表达的是,心中装着群众,就能够推动事物的发展速度,促成问题的尽快解决!

记得中央电视台记者曾经采访过我,问我怎么发动社会单位和居民群众共同参与和谐社区建设,我跟她说了很多例子,最后自己总结了几句土话:有一种坚持叫"扭到费",有一种监管叫不放手,有一种责任叫挂心头,有一种方式叫退休以后"特钢能人"更有用!在作家李燕燕来社区找到我时,我把与这几句土话有关的故事一字一句讲给她听,又带着她去找骨干找居民详细了解更多真实的社区点滴。

最后我要说的是,李燕燕的长篇报告文学《社区现场》即将出版了,我作为故事的其中一员,感觉她写的就是我们日常的工作和我们日常面对的各种事情。这是社区工作者的现场,也是千千万万社区各类人与事的真实场景,也许还有喧嚣,有激烈的冲突,甚至有像传奇人物一样的过往,但您看到的就是我们身边经历过的、熟悉的、曾经的点点滴滴,值得一读!

推荐序二：
情系方寸之间

晏　妮

时间就好像是手中的沙子，攥得越紧，它却从指间流逝得越快。怀着扎根基层、服务居民的梦想，我于 2005 年从企业辞职，加入到社区工作者的行列之中，不知不觉间已有 16 个年头，曾经满头青丝，如今白发已依稀可见。我先后在城管员、综治员等岗位上工作，现任沙坪坝区渝碚路街道杨公桥社区副主任兼职综治专干。

我始终秉持用真心、怀真情、做真事的态度，努力发挥调解专长，积极主动调理、化解居民矛盾纠纷，调解接受率达到 100%，调解成功率达 99%，所调解的案例没有一例矛盾上升或者事态扩大。在各级领导、各位同事和居民朋友的关心支持下，以我的名字命名的"晏妮工作室"已成为具有一定社会知名度的"金牌调解室"，获得了较好的群众口碑。我根据多年调解经验总结出的调解工作"四功五法"也正在被更多同仁所借鉴，本人也先后被重庆市人社局、司法局评为优秀调解员，以及获得沙坪坝区感动人物等荣誉。

每一天，我都在这个平凡的岗位上做着平凡的事情，日子过得紧张却又充实，从未想过有一天自己会面对作者成为接受访谈的对象，面对读者成为文章的主角并受邀作序，深感荣幸也心怀忐忑，担心我语无伦次的急就章难登大雅之堂，贻笑大方，同时也非常感谢作者将她朴实而细腻的笔触对准了基层一线"小社会"，聚焦于社区干部"小人物"，生动展示了一幅幅社区面貌的"全景图"、为民服务的"写真照"，让我们能真实感受到基层的真情和温度。

习总书记指出，一个国家治理体系和治理能力的现代化水平很大程度上体现在基层，要不断夯实基层社会治理这个根基。为了守护共和国这座宏伟大厦的根基，无数的社区工作者默默扎根在这里，用爱心呵护、用恒心坚守、用真心奉献，让小社区充满真情与大爱，让小基层汇聚正气和力量。

社区工作者的日常就是在走街串户中忙碌穿梭。作为社会管理一线人员，我们的责任就是将上级要求落实到千家万户，同时零距离倾听群众的诉求和心声，因此走街串户就成为了社区干部的工作常态。在街头巷尾、小区楼栋，随时都能看到社区工作人员脚不沾地的忙碌身影，有的在入户调查，有的在调解纠纷，有的在组织活动，有的在访贫问苦……长年累月的走街入户，让我们对辖区的基本情况如数家珍，对楼栋的居民住户了如指掌，对街坊邻里的矛盾问题烂熟于心。我们就好似辖区里的百科全书，各种疑难杂症都能迅速检索，困难问题也在走街入户中迎刃而解。

社区工作者的职责就是在家长里短里用心坚守。社区犹如

推荐序二： 情系方寸之间

大树枝干的最末端，是党和政府的最末梢神经，在这里能体会到最真切的民情冷暖，也最能凝聚起强大的党心民心。我们好似社区的"大管家"，只要居民群众身边出现矛盾纠纷，公共领域出现各种问题，必定会第一时间现场进行化解处置。"一点一滴系冷暖，一枝一叶总关情"，这是对社区工作的生动写照。在数十年如一日坚守中，我们迎来了一张张或熟悉或陌生的面庞，也看惯了一张张或热情或冷漠的脸色。我们曾经为居民的非议和诘难而失落伤心，也曾为群众的满意点赞而收获的一点"小确幸"感动流泪。

社区工作者的情怀就是在"鸡毛蒜皮"上无私奉献。基层的工作千头万绪，似乎总是看不到尽头，尤其是大项工作任务来临时，"5+2""白加黑"便成为工作的常态。酷热的夏日，我们头顶烈日为创文创卫左右忙碌；寒冷的冬夜，我们顶风冒雪为疫情防控上下奔走……在那剪不断、理还乱的纷繁事务中，待哺的孩子多少次在哭闹中呼唤自己的母亲，着急的爱人多少次牵挂伤病未愈却仍在奔忙的妻子，忧心的父母多少次在追问夜深还未归家的儿女。无数的社区工作者在工作岗位上奉献了青春年华，牺牲了天伦之乐，对家庭、对至亲，他们有着无尽的愧疚和亏欠！

人生就是一个不断选择的过程，选择了什么，生活就会给予你什么。选择了社区，我们失去了许多，也得到了许多。此身难舍是家乡，我们无悔于今生的选择，这里是生命价值的所在！凭着这份对故乡、对群众最深沉的爱，我们社区工作者会一如既往坚守为民服务的初心，仰不愧天，俯不愧人，内不愧心，情系社区方寸之间，绘就为民的精彩画卷。

前　言

　　社区现场，顾名思义，就是发生在社区的鲜活生动的日常故事。正式进入"社区现场"之前，先说说社区。

　　这是"百度百科"对于社区的通释：社区，是指一定区域内能有序进行人流、物流、信息流、能量流、资本流等优化配置，提升居民生活质量的时空平台，是由若干个个体、群体和组织及资源等构成的生产、生活生态体系。

　　作为社会学中的一个专用术语，"社区"一词从西方引入，由 community 翻译过来。资料显示，"社区"这个名词源于拉丁语，意思是共同的东西和亲密伙伴的关系。最早将"社区"作为一个专有名词提出的是德国社会学家滕尼斯。而社区发展（community development），在西方国家已有100多年的历史，特别是在英美等国，社区发展达到了相当高的水平，社区工作已成为城市行政管理工作中重要的一部分，在城市建设和管理中发挥重要作用，形成了"自治模式""行政模式"和"混合模式"三种模式。结合我们国家的历史和现实情况看，社区是与整个社会密切相连的、以一定地域为基础的关系密切的社会群体。在这样的社会群体里，人们具有共同的生活空间、共同的权利义务、共同的文化特质，人与人利益相连、感情相依、守望相助、危困相扶。

如今，国人对"社区"这个词汇再熟悉不过，对于它的概念，也并不陌生。或许，你今天刚刚去了趟社区，给自己的小孩子买了一份城乡居民医疗保险。如你所知的常识，就中国行政区划来说，城市由街道乡镇组成，街道乡镇又由社区组成，社区"最小"。当然，从微观看，有的社区并不"小"——在城市，虽然有的老旧社区只有寥寥一千多户，居民不超过四千人，且多是退休老人；但在某些新兴商品房小区和工业园区聚集的地域，一个社区动辄就是数万居民，其中又以40岁以下的年轻人居多。其实也可以这样理解，整个社会是由一个个或大或小的社区所组成的。任何一个社区都是一个规模不等的具体的小社会，是整个大社会的不同程度的缩影。对于社会科学研究来说，社区研究是研究整个社会的起点，同整个大社会相比，社区则显得具体可感，易于把握。

从1978年到2018年，改革开放的40年间，中国经济总量增长了48倍，人口数量增长了45%，城市化率从20%升到58%。一个事实是，现今中国大陆地区的社区，绝大部分是由城镇的居民委员会改名而来，少部分由并入城镇的村委会改名而来。大陆的社区是党和政府传递、落实政策和了解民情的最基层，社区在行政上接受街道办事处领导，由街道办接受并传达区县级政府和各科局的任务和指示。社区有人们熟知的"居委会"，即城镇居民的自治组织，地位类似于农业区的村民委员会，工作服务的对象以城市、镇非农业居民为主。根据居民委员会组织法的规定，社区居民委员会是居民自我管理、自我教育、自我服务的基层群众性自治组织。社区党委（或党总支、党支部），则是指按照《中国共产党章程》的规定，在社区之中成立的、以全体社区党员为组织对象的中国共产党的基层组织。

社区是所有国家任务在执行层的"中坚"。在一座城市里，无论是一直在进行的"小康社会"的建设，创建"文明城市""卫生城市"的特殊节点以及2020年初那场可称"人类史上首次"14亿国人共同抗击"新型冠状病毒肺炎"疫情的"人民战"中，社区都起到了极其重要的作用，由此亦成为观察整个社会普遍存在的一些现象的极好样本。

值得注意的是，社区并没有行政级别，社区工作者既不属于行政编制也不是事业编制。社区工作者的主干是"社区干部"，包括社区"两委委员"，比如居委会主任或社区党委书记等，由三年一次的居民（党员）换届选举产生。因此，社区工作者流动概率非常大。社区工作者的数量，则根据管辖居民多少而异，一般情况下，在 8～20 人之间。

为了更好地讲述社区、社区工作者以及社区居民已经发生或正在发生的故事，我选取了1997年成立的直辖市重庆所属一个叫做"沙坪坝"的传统主城区作为主要观察点，集中体察各式城市社区。一叶知秋，期待借此作品，生动地将现今中国的城市社区展现给读者。

序 章

2020年春，在疫中

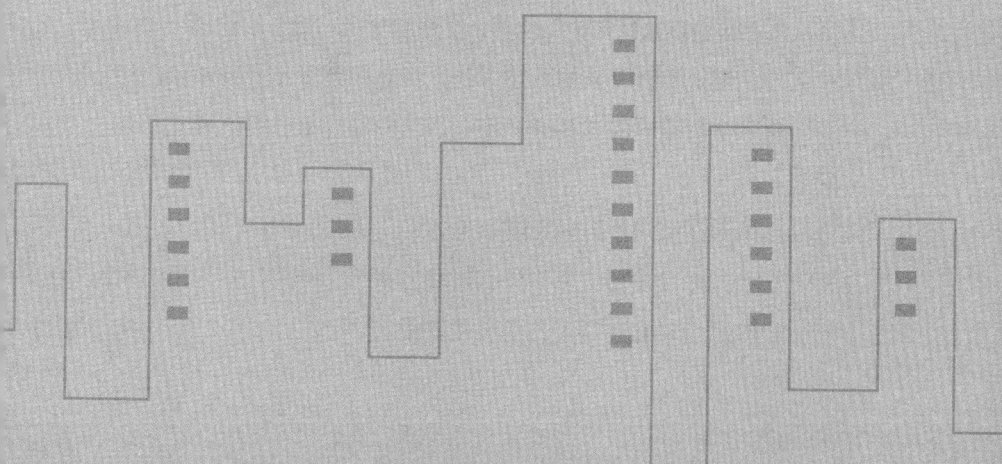

社区现场

来自社区的问询电话

　　我是2020年除夕那天,在成都老家接到好几通来自重庆的问询电话的。这几通电话,都来自我长期居住的覃家岗街道新鸣社区。而这几通电话,有的听上去声音倒是挺熟悉,但还来不及问问你是谁,对方在听到我清楚的表述和回答之后,已将电话迅速挂断。之所以熟悉,倒不是因为我居住在这个社区,事实上和其他居民一样,除了一些杂事找上社区居委会,比如给小孩办城乡居民医保,或者因为物业管理久拖不下的问题,再或者是因为觉得那一小片公共用地可以弄几个乒乓球台之类,其余时间甚少与他们接触,也不大了解他们的具体工作。甚至有人记恨,前几年"创卫",他们逼着居民把堆在小区门口的花盆统统收回去。我一位朋友的玫瑰离了地气,竟好几年没有再开花,每说起便是一通埋怨:这些人不过是图些面子工程,他们对社区的困难或特殊居民的情况应当是比较了解的。因为一个我自己决定的纪实创作主题——关于"都市一线"的故事,我已经在这个社区开展了数日的走访,虽谈不上把十余个社区工作者以及好几个助残员、交通劝导员、热心志愿者一一对上号,但他们每个人的形态言语,我总归留下了一些印象。

　　对了,我接到的这几通问询电话,归纳起来,是这样几个问题:

　　1. 你不在家吗?目前在哪个地方?

　　2. 哦,你在成都,那你什么时候回来?

　　3. 你们一家有几口人长期居住在重庆?

4. 你们家人中有近期去过武汉或湖北的吗？

5. 你的联系方式，请再确认一下？

对方最后一句话，是"如果回到重庆，请立刻与我们联系。对，就是打到你手机上这个座机电话，我们24小时有人值守"。

这里面，我倒是明确听出了钱春燕的声音，音质清脆说话利落，语气急匆匆的，就像她平日在居委会里飞奔的姿态。她应该顾不上招呼我这个熟人了。听说，就在除夕这一天，1月24日，和其他20多个省（自治区、直辖市）一样，重庆启动了重大突发公共卫生事件一级响应。管控好疫灾之下的人的工作，自然而然地落到了离居民最近的社区身上，毕竟这是最小也是最具体的居民自治组织了。

我想，对于钱春燕来说，此次疫灾当中的繁忙程度，应该远远超过十年前那场"不漏一人"的人口大普查吧。那些至今难忘的城乡接合部的漆黑夜晚，钱春燕一手打着手电筒，一手提着简陋的公文包，腋下还夹着塞不进公文包的宽宽大大又不可折叠的人口统计报表。国人都听过这项工作，但不会有多大的感觉，因为对大多数人来说，这项工作看似太常规，最多在将来演化为报刊新闻中的"我国现有人口××亿"。但是，这项工作却真的很重要，对某些个人来说更是如此——那些租住于亟待拆迁的农家小楼的外来打工者或小摊贩，他们因为"超生"等原因未能上到户口的小孩子，会因为在这个夜晚被钱春燕如实登记在表里，然后在家乡得到一个宝贵的户口，成为堂堂正正的"中华人民共和国公民"。

"相比于匆匆忙忙的白天，夜里人们都在家，更好统计。"这是钱春燕当初愿意"走夜路"的原因。但是，夜里进行的人口普查，更具危险性，比如看家护院的土狗，比如春夏之交在草丛中诡异出没的蛇，再比如居心叵测的男子；也因此，钱春燕的父亲不放心地跟着女儿，随身带一支"打狗棒"，在杂草及膝的田埂间行走，"打狗棒"前探，提前掀开草笼，防止蛇的突然侵袭。曾经散落着菜地和农家自建房的城乡接合部，如今已经是新兴的商品房小区。和其他社区工作者一样，钱春燕依然既不属于行政编制也不是事业编制，她只是由三年一次的居民党员换届选举产生的社区党委副书记，一个可以被称之为"社区干部"的社区工作者。虽然政府已开放了针对社工岗位定向招考进公务员和事业编的渠道，但对于全重庆数万名社区工作者而言，选拔进公务员或事业编队伍可谓是"千军万马过独木桥"，成功上岸者如凤毛麟角。

2020的新年伊始，钱春燕搁下电话，就和社区卫生服务中心医生、派出所民警挨家敲门，入户排查：有没有武汉旅行史？身体有没有异常？"重点人员"或可疑者现场测个体温；如果发烧，就会先带去社区卫生服务中心做个初步诊断，然后根据情况送到沙区定点医院进一步鉴别。如果真的确诊，将被送到市里专门设立的新型冠状病毒肺炎集中救治医院。

关于拉网式的入户排查，这件事情非常重要：重庆距离武汉800多公里，一条长江将两个千万人口级别的大城市血脉相连，两个城市的人，地缘人文相亲；若从湖北论，重庆则有9个区县共53个乡镇直接与之接壤，翻过一座山甚至过一座桥就到湖北了。就连我随便一算，身边也至少有五六个湖北朋友。所以有人说，小心重庆成为下一个武汉！作为渝鄂铁路交通枢纽的重庆市万州区，连日确诊人数节节攀升，便是一个典型例子。非常时期，社区是疫情联防联控的第一线，也是外防输入、内防扩散最有效的防线。拉网式入户排查可以最有效地摸清社区人员底数，虽然这样的方法不含半点高科技成分，全然靠着人力。后来，也有人悄悄告诉我，恰是除夕之后那几日最紧张，基层防护物资不足，他作为随社区工作者一起"入户"的派出所民警，因为戴着最不抵用的白色"劳保口罩"，所以每每敲开一户人家的门，都不由自主稍微退后一点。当然，这是来自人类骨子里对一种厉害传染病的天然畏惧，"可是，那个社区的女同志，她始终站在最前面，敲开门就客气地介绍情况，以求得到对方最大的支持"。

除夕的下午 5 点，厨房里刚煮出来的老腊肉飘出一股股浓香，年夜饭快上桌了。虽然，突然间呈现大爆发态势的新型冠状病毒肺炎疫情让 2020 年春节变了味，就如一位武汉医生在鼠年春节给亲友发去的一条拜年微信所写的那样："新年快乐，我祝你双肺纹理走形分布正常，肺内未见实质性病灶，肺门不大，纵膈居中，心影不大，膈面光整，肋膈角锐利，血、尿常规正常，CRP 正常，核酸检测阴性。"一长串拗口的医学术语，意味着"你没得病毒性肺炎"，这是属于医生的幽默，也成了 2020 鼠年春节最好的新年祝福，有些悲哀，但到底过大年了，年夜饭还是必须好好吃的，新年还是新年。我正在张罗碗筷，手机突然响了，拿起来一看，是社区退役军人支部的书记陈萍在群里通知大家：有谁认识某某小区某栋的邓某某，知道的人请尽快告知其联系方式！群里没有响应，但片刻有群里加过好友的人发私信给我："哟，那个某某小区不就是我们那个小区吗？瞧，我俩就住在那栋楼啊？那个邓某某是不是武汉回来的人哟？她怎么了？！"乍一听，这消息确实让人心紧。而就在此时，另外一个群里也炸开了锅，起因是有人发了一张图：一辆武汉牌照的丰田小车不偏不倚，就停在邻近的西南医院幼儿园附近。于是大家惊惶地呼唤、支招，甚至有人主张立刻报警。十几分钟后，所属社区把紧急调查的真相公布在群里：原来，车的主人是居住在附近小区的重庆人，只是当年在武汉工作时上的车牌。大家虚惊一场。

后来我们才听说，社区四处找寻的那个邓某某，是一位在渝中区确诊为新型冠状病毒肺炎病人的家属，平时她们并没有住在一起。找到邓某某以后，社区立刻上门，由社区卫生服务中心告知她注意事项并与之签订医学告知书，从此开始居家隔离医学观察14天。在这个过程中，有许多小区居民担心，万一那个人有事，整栋楼"会不会因此带毒"，从而责问社区"为何不详细公布情况"。所幸，邓某某一切正常，并没有被感染。再后来，遇见这样的情况，又由"居家隔离"改为"集中隔离"。

"对社区来说，不可能直截了当公布患者家属的详细情况，因为事关居民隐私，所以，我们只能努力把手头的工作做得更细。"面对我的疑问，钱春燕向我解释道。

2月1日开始，社区防控工作层层升级，小区开始封闭式管理。在沙坪坝区，每户人每两天才能派一个人出门购买生活物资。凡进超市必须戴口罩测体温，到农贸市场买菜则要出具小区物管开具的出门条。

2020年1月18日到2月2日，那一段时间，我不在重庆，无法实际了解这座有3000多万人口的直辖市的具体防控情况。

但全国战报骤起，哪里的警备都一样——在成都，娱乐休闲场所纷纷关闭，店铺应声关闭，所有节会一律取消。除夕当晚，成都的社区工作者敲开了我父母的家门，听说我是从外地来蓉的，对方很警惕；接着又听我说来自重庆，他们便松了口气，还笑着讲：川渝一家亲。

居民总动员

2020年，临近春节的1月上旬，就在人们的年关忙碌中不知不觉地过去了。人们相约，再过些日子团聚欢笑，或是在故乡，或是其他气候更适宜的地方。我的朋友们也在群里邀约春节欢聚，一派祥和喜庆。

听说武汉有人得了"病毒性肺炎"，很快，不明的"病毒性肺炎"的致病元凶找到了，是一种新型冠状病毒。在听到"冠状病毒"这个词的一瞬间，我的心抽动了一下，因为，2003年祸及大江南北的"非典"，其致病元凶也是一种"冠状病毒"。2003年6月，我调动到第三军医大学（现为陆军军医大学），其时举国上下正在与"非典"做最后阶段的搏击。两个月后，学校前往"小汤山"抗击病魔的医疗队队员凯旋，重庆市民夹道欢迎勇士。我在新单位目睹的第一台表彰大会，就是以这群勇士为主角的。

那时，人们所不知道的是，可怕的新型冠状病毒已经悄悄在荆楚大地日夜侵染，一幅穷凶极恶的险恶图画即将在世人面前亮相。一场史无前例的抗击瘟疫的战争，在国人错愕、惊诧、慌乱之中拉开了帷幕。

这是我们后来才知道的关于这场战争的开局——

2020年1月10日。武汉同济医院的一个急诊科医生成为全国第一个被确诊感染病毒的医生。

从1月13日开始，武汉当地来自各大内科、外科、麻醉科室的医生越来越多地被医院调配去支援发热门诊。一开始是每个科室出3人，每人每周1天，再后来增加到每科室5人……病人悄然剧增，医护人员不断倒下。

在武汉甚至湖北以外的人眼中，彼时的武汉还是那个纵横江湖、快意人间的武汉。国人为鼠年早早到来的春节做足了准备，尽管肉价有些上浮，但在西南，每家每户也硬是铆足劲做了好些腊肉和香肠，导致这中间，隐隐夹着社区的火灾隐患——2019年年底重庆加州花园的大火，最初盛传是有人在高层住宅里悄悄熏腊肉、香肠所致，当然已被勘误。与往年一样，人情味与商业味混杂的大年，指日可待。

这样看来，疫灾爆发得突然。我2020年1月18日从渝回蓉时，俨然是另一番景象。我在网上订的车次是1月18号下午4点从重庆沙坪坝站始发到达成都东站的高铁。那天，为了抵御寒气，也为了防备未知的病毒，我戴上了一个PM2.5防护口罩。那段时间，街上偶尔能看见戴口罩的男女，但那种是明星常用的黑色口罩，时尚但防护作用有限。有时，能从口罩边缘看见她们肿胀的脸部肌肤，让人联想起地铁站处处皆有的年末整形特惠广告。

和以往一样，我提前半小时到达高铁站。候车大厅满满当当，寻找座椅需要抬眼仔细搜寻。按照经验，看见有箱包占据的座位，就径直走过去，站在那座位跟前，箱包的主人就会主动腾出这个座位。

坐下后，或许是人多，感觉戴着几层布的口罩总有些气闷，况且周围根本没有人戴这个。我摘下口罩，草草折叠塞进大衣口袋里，当然我不会预知，从现在起不出五天，这种不能起到病毒防护作用的口罩，就会在大部分药店口罩卖断货的情况下变得金贵无比。

车站里，归家的期待和预见的团聚才是主题。有人大包小包，全是重庆特产；有人在孩子的央告下，从精美包装盒里掏出太妃糖，剥出来，赤手放进孩子嘴里；还有很像进城务工者的一个人。一堆杂七杂八的行李围绕着他，先前看得不清楚，待进站排队时他在前面，才发现这人以部队打背包的方式，拿根绿色塑料绳子绑着膨胀的铺盖卷，背在背上，左手一个沾着黄色干泥的手推箱，轮子掉了一个，箱子歪斜着，箱子把手一旁吊着一个塑料口袋，里面是两个椪柑，还有半个切开的苹果；右手是塞着一大一小两个塑料盆的网兜，盆里搁了一个外层轻微掉落的搪瓷杯子。他一边艰难地朝前挪动，一边努力维持背上那一大捆东西的平衡，于是长长的队伍在他那里形成拐点——后面一人总与他保持一定距离，随着背包的歪斜，后面一人也得朝相应的方向歪斜；否则，背包的位置正回来的时候，就会碰上那个人的身体。

待他进了闸口，排他后面的男人跟旁边早已眉头打结的女人说："往成都方向，坐高铁得一百多，坐慢车五六十元，你看他那样，还舍得？"女人忙着替男人拍被"铺盖卷"蹭上的灰，来不及回答。一边，拿身份证刷闸机的一个大姐道："出门打工的人一年到头就盼过年回家这几天，把一年的成果带回去，为了回家，啥都舍得。"

高铁满座。

从成都东站到家，还需要排队购买地铁票。人工售票暂停，机器不支持现金购票，耳边反复回响的机械化播报：旅客朋友们，为节省购票时间，请提前打开手机微信或支付宝，按提示扫二维码付款！队伍很长，有人一边咳嗽一边点开手机，前面的女孩感觉到来自头顶的口腔气息，愠怒地扭过身，刚想张嘴说什么，却被人催促："快往前补上，别留空隙！"智能化售票机旁边，有老者为难地拿着来电爆响的"老人机"，羞怯而恳切地央求正在扫二维码的年轻人："帮我买张票嘛！"很快，老人的求助得到回应。

与春运有关的所有场合，与往年一样喧嚣。而成都的"大庙会"和"郁金香节"的宣传广告，在人挤人人挨人的地铁车厢中纷纷闪动登场。如果一切顺利，这些年节欢乐定会如期上演，哪怕届时现场人头攒动，人挤人，人推人，使得有人会后悔不该出来玩。

人潮涌动，哪怕父母所在的那个小区。不大的小花园里，十数个孩子嬉笑打闹，老人们挤坐在一起，热切讨论着新春物资采购以及近期伊朗会否对美国采取报复行动等事情。

只是回蓉的那个晚间，在社区里，我偶见了一起与疫病无关的猝死——一个准备第二天回乡的小摊贩晚饭时突觉背心疼痛，实在支撑不了，才在家人搀扶下，从出租房跌跌撞撞到了一家与社区医院挂钩的私人小诊所。半小时后，虽然诊所叫来120，却已回天乏力。小摊贩是个女人，她穿着一双老旧脱线沾着污渍的棉拖鞋仓促离开人世。诊所医生惋惜地说，她才四十岁出头。医学常识告诉我，这样的心源性猝死，本来最不能移动，发病后就地拨打120是最佳处置方案。可惜，大部分人少的恰是这样一些常识。也可能，这个小摊贩还想着和过去一样，不舒服的时候就到小诊所拿几片廉价的药片解决问题就好。对许多老百姓来说，跟疾病扯上关系的事情越简单处理越好。等待殡仪馆的车到来的那一段时间里，女人穿一身深褐色旧夹克的丈夫一直蹲坐在她渐渐冰凉的身体旁，垂着头，自顾自地说着什么。也许是后悔了，应该主动给老婆买下那双她看中很久却始终觉得太贵的毛皮鞋，明天就要回家了呀。

回乡的这起偶见的猝死，让我于疫灾全面爆发前，隐隐约约有了一丝不祥的预感。

两天后，也就是1月20日，国家卫健委高级别专家组组长钟南山表示，"根据目前的资料，新型冠状病毒肺炎是肯定会人传人的"。那天，国人惊慌了。彼时，我正在成都市内某公园最有名的茶园里喝茶，看见手机上的资讯，我抬起头，周遭数百名茶客，他们都来自哪里？病毒此刻是否正自由散漫地穿行其间？不得而知。

1月23日凌晨两点，武汉紧急宣布"封城"。

事实上，800多公里以外的武汉，连日来周边医生的增援速度始终赶不上门诊里病人爆炸式增长速度。加班、泡面、盒饭和短缺的医疗物资，已然构成了武汉医护人员的除夕。武汉市将在远郊的蔡甸建设一座专门医院——火神山医院。该医院建筑面积2.5万平方米，可容纳1000张床位，由中建三局牵头，武汉建工、武汉市政、汉阳市政等3家企业参与，预计将于2月3日前建成交付。

1月24日除夕开始，军队和全国各地支援湖北的医疗队纷纷集结出发。

截至1月25日下午，包括北京、上海、广东、湖北、浙江、天津、重庆等在内的共30个省、市、自治区均已启动针对这次疫情的重大突发公共卫生事件一级响应，涵盖总人口超过12亿。

至此，抗击"新型冠状病毒肺炎"，从初期的"支援武汉、支援湖北"，上升为在全国范围内打响的一场人民战争。全国每一级地方、每一条战线、每一个单位、每一个社区，直到每一个家庭、每一个个人，在这场战争中，都变得不可或缺，不能掉链子。毕竟社区"超级病毒传播者"在2003年"非典"中已经有过，同样的错误不能连犯两次。

从2020年1月23日"武汉封城"开始，年节预定给国人的欢聚和快乐便成了泡影。我取消了在老家成都原先计划的所有行程，大大小小，包括大学同学聚会、逛庙会、看灯展、在春熙路背后一条僻静的小巷吃地道小吃。甚至大年初二到文殊坊买糕点的"传统"，这是我自己在老家过年的一种约定俗成的"传统"，也被迫取消——那家做糕点的百年老店也是百年来第一次在春节期间关店，据说以前在战争年代都没出现过这种情况。当然，可以这样理解：疫情也是战争。

1月26日11时34分，全国确诊病例1994人，死亡56人，治愈49人。就在那一天，重庆确诊新型冠状病毒肺炎75例，我所长住的沙坪坝区暂时难得地保持着"零确诊"。有朋友在微信上告诉我，重庆市内公交车、轨道交通、出租车已经开始实施管制措施。其间，也流传过"重庆即将封城"的流言。

"重庆不可能封城，因为咱们有把握把疫情控制好。"1月26日，我再次接到重庆打给我的问询电话。这一次，打电话的是一个社区志愿者，声音听上去是个二十来岁的年轻女孩子，她颇有信心地回答了身在外地的我的一些疑问。她接着说，社区要在前几天进出登记、测量体温的基础上进一步落实封闭管理，接下来会有包括限制人员大量外出、公共空间管理、出租房屋管理等各项防控举措，尤其对2020年1月1日特别是1月10日以来，从疫情重点地区返渝及来渝走亲访友、旅游等人员进行逐一排查。就在1月25日18时，全市共入户走访排查246万户、605万人，共排查出有可疑症状人员172人，并已及时通报当地卫生健康部门筛查甄别。

"你确定2月2日下午回重庆，对吧？回来请及时与我们联系！"那位社区志愿者在挂掉电话之前再次向我确认归渝具体时间。

从"武汉封城"那天开始，"逆行者"这个词便火遍全网——支援武汉的各地医疗队出征视频刷屏。非常时期，白衣天使勇敢无畏，人们的赞誉与尊敬纷纷投向他们。除了已经收治的疑似和确诊病人，疫情在社区的防控，亦成为这场特殊战争的重中之重。平日，我们不甚了解也不曾关注的这些社区工作者，此时正以种种与"高科技"无关甚至最"婆婆妈妈"的方式，纷纷逆险而上。虽然，身处非武汉非湖北的后方，社区工作者可能并不需要常常直面新冠患者的凶险，但他们日常的那些零零碎碎，却在病毒向全国各地蔓延传播的尖峰时刻，切实地保护了他们辖区内的居民。那些暗自带着光环的故事，在我回渝后继续的采访中才一一清晰可辨。虽然，我的采访主题并不是"抗疫"，但大家却不约而同地讲着讲着就偏离主题。

50多岁的胡孃孃和年轻人一样，爬楼梯，搬东西，上门提醒问询。"非典"肆虐的2003年，她就积累了防备疫灾的许多经验，所以社区首先想到了她。她虽然已经由当年的青年女子变成了如今的"孃孃"，但依然一喊就应。每天早上7点多，她就从家里出发步行到社区，晚上八九点钟后回家，有时再加上统计做表这些"杂事"，经常弄到深更半夜。话说，日常胡孃孃的办法很多，也很"土八路"：流动音响、小喇叭、拉横幅、宣传栏、贴通告……

"出门一定戴口罩、勤洗手、常通风，不要到人多的地方去……"有社区工作者推着"流动音响"，游走在旧小区里。据说，有一段时间，社区除了入户排查之外，最忙的事就是登记填写各种统计表格和绞尽脑汁创作疫情防控"宣传语"。

"阿姨，您这口罩一定要戴好，要做好自我防范，如果没有很重要的事情办，最好是待在家里，尽量别出门。"年轻的社区志愿者看见一个提着菜篮子准备上农贸市场的大姐，她脸上的蓝色一次性医用口罩只是牢牢遮住了口鼻，下巴底下那一块还露着，于是赶紧上去提醒，顺便亲手替这位大姐戴好口罩。

听说"火神山医院"建设的消息，住在公租房小区的几个"包工头"都格外兴奋："走，带上咱们的设备，叫上兄弟们，一起去修'火神山'！"很快，他们便成为武汉知音湖畔5万平方米的滩涂坡地上那7500名建设者中的一分子。一人一份力，最终只用十天就建成了一所可容纳1000张床位的救命医院。

从重庆启动一级响应开始，民警潘继明立即赶往丰文街道派出所报到，主动请缨社区"战疫"。这是一位转业老兵，曾连续两年在老山前线参加对越自卫反击战。老兵潘继明参加了疫情防控突击队，担负起入户排查和巡逻防控的任务，仅用一周时间就排查了3万余户，近8万人。

这封居民写给社区的感谢信是一位文联朋友发给我的，关于"口罩"这件"大事"。

之前我曾说过，在"武汉封城"之后，哪怕是不能起到病毒防护作用的防雾霾口罩，都在大部分药店口罩卖断货的情况下变得金贵无比。在2020年除夕之后，疫情已如战争彻底打响，全国许多城市的药店直接在门口贴上告示：本店口罩和消毒水缺货。与此同时，各地口罩厂正在日以继夜加班加点。谁也不曾料到，2003年之后，几乎被人们淡忘的一件平时只值几块钱甚至几毛钱的小物件竟然变得"要命"。短短几天，口罩厂的紧急生产自然数量有限，首先得供应湖北的抗疫一线，湖北之外，连医院的口罩都变得紧缺。疫灾中，口罩对百姓来说，是重大"刚需"，最简单的道理——不仅科学防疫需要口罩，上街、进超市买菜也需要口罩，所以，当时的口罩问题实在是一件难事、大事。

以下是居民来信的部分摘录——

2020，特别的春节！一场罕见的新型冠状病毒疫情从武汉蔓延到了重庆。作为七老八十的一对失独老人，我和丈夫不禁陷入了深深的忧虑。为防止疫情的进一步扩散，沙坪坝区政府发出通告，告诫市民在疫情面前"不心存侥幸，少出门、不聚会、勤洗手、戴口罩，尽量减少与人近距离接触……"为了自己和他人的健康，我们本应遵命老老实实地待在家里保护好自己，不能感染上病毒，给自己带来痛苦，更不能给政府添乱，给社区干部添麻烦。可是，一想到养老院还住着我95岁失能病重的老父亲，真是让人六神无主，坐立不安！平日，我会每天去养老院两次，陪护父亲，既是料理他生活的"钟点工"，也是他的"心理疏导师"。现在政府出台了诫令，我却没有口罩啊！为了陪护父亲，也只得冒着风险，提心吊胆去养老院。

……

这天下午，一位叫不出名的社区干部带着志愿者为我们送来了四个口罩。这名干部说，本应是两个，多余的两个是社区叶书记自己省用的那份。她们站在门外，没有进屋，祝福我们保重身体，健康平安地度过这非常时期。我在屋内，含着热泪，从铁门缝里收下了口罩。我向她们表示了谢意，望着她们离去的身影，我思绪万千。

非常时期，非常牵挂！口罩虽少，情意浓浓！从送口罩这件事中，我再次感受到党和政府对我们失独老人的关怀。

还有，我认识的一位叫何方方的文学爱好者，有一天突然出现在沙区共青团的公众号文章里。作为一名在重庆西站服务的社区志愿者，和她一样出现在公众号里的，还有许多年轻人，也都是志愿者。何方方的爱人和她一样，非常时期成天往外跑，他是市场监管局的，那一段时间常常接到很多投诉，比如口罩的价格问题，比如蔬菜的价格问题，疫情期间这些"趁危渔利"

之事并非小事，所以，连吃饭时接到一个电话都能搁下筷子出去。1月30日，何方方在西站正式上岗。实际上，因为疫情的蔓延，节后复工时间已经延迟，火车站返程客流量大大减少，但何方方还是做了"万全"的准备。第一天去的时候全身武装，甚至在脖子的裸露部位也裹了一层保鲜膜，上岗时瞅瞅周围人，觉得太夸张就取了下来。那天，她从早上7点连续工作到下午1点。午饭提供给志愿者的是两荤一素，没有凳子，大家都站着扒饭。本来午后应该离开，可是下午另一个志愿者有事，何方方又"顶班"干了半天。傍晚开车回家，还在车库，何方方就赶紧把最外层的衣服全扒下扔进垃圾桶——早上何方方特意穿了一身准备淘汰的旧外套出门。手在发痒，脱下橡皮手套一看，呀，手背起了好多疹子，看样子是过敏。虽说拿肥皂反复搓洗，可还是觉得有病毒，又喷了一遍消毒水，结果第二天手更"烂"了。

志愿者最主要的工作是"测量体温"，最配合的是小朋友，不仅配合，走过去还会回过头来说"谢谢阿姨"。也有人不愿意听志愿者"招呼"。一次，何方方碰到一个人，那人明明看到她手里拿着测温枪，却自顾自地一个劲儿往前走，随着他的快速走动，测温枪测出的温度不断波动，怎么也得不到一个定准儿；而且那人是个大个头，走起路大步流星，何方方甚至都追不上他。

"最后你猜怎么样？我发怒了，大吼一声：'那个男的，你给我站到，不准再往前走了！'"我好奇地问何方方，怎样？他被吓住了吗？"没有，他很不屑地回头瞄着我，怎么？连铁路职工也要管？瞧你的态度！"于是，何方方盯着这个"铁路职工"说："听清楚了，我不是 10086 服务小姐，我自愿来帮忙测体温，配合就态度好，不配合就态度不好！"何方方是个大嗓门，她立在车站里这样一咋呼，引得许多人围观，那个"铁路职工"也不好意思地停住脚，悻悻地看着昂首挺胸的何方方。

"没啥，重庆女娃儿就这个样，啥都想管，也管得下来。"

确实，在重庆这座新兴直辖市里，社区工作者中女娃儿占多数，硬是"顶起半边天"，她们几乎都有何方方这样的性格特质。疫情防控过程中，她们穿着雨衣戴着泳镜却格外"上劲儿"的样子，只要一见，便永生难忘。

紧挨重庆西站的张家湾社区，年前因为社区工作人员的变动，只剩下 8 人在岗。在一级响应之后的数轮入户排查后，确定当下最关键的任务是立刻封闭所有从西站进入社区的路口以及在老旧小区跟前设立人员进出卡点：西站的客流是社区最需紧张防范的，更何况有着 3000 多户、1 万余人的老旧社区里，许多住户都把自己的房屋弄成了日租房、月租房，提供给那些临时出站歇脚或在重庆做几日短暂停留的旅客。在一个只有 144 户的旧小区里，租赁户就占到了三分之一。虽然，日租房月租房前几天已经勒令停业了，但人员流动却必须防范。这些，仅仅靠 8 个在岗的社区工作者，或是平日街道给老旧社区分派的二十多人的巡防力量，都是远远不够的。社区党委书记杜波前些天就计划着招募志愿者协助疫情防控，可担心找不着：一则，防护物资紧缺，疫病危险，怕没人敢随意出来；二则，张家湾这样的老旧社区很"穷"，不像一些"农转非"社区还有许多存留的集体经济"创收"，一天下来可以给热心志愿者提供百把块"辛苦费"，在张家湾当志愿者只能是"无条件"。怀着忐忑不安的心情，杜波在 1 月 31 日上午通过社区微信群正式发出"志愿者"征集令，岂料下午 20 余名志愿者就全部到位——有年轻人，也有五六十岁左右的叔叔阿姨。他们甚至已经找好封闭路口的建材，在现场开始动手。也是从那天起，卡点 24 小时执勤。卡点旁，值班帐篷搭了起来。天气寒冷，帐篷里的取暖设备也是志愿者们自己凑钱买来的。60 岁出头的企业退休职工何阿姨自告奋勇去盯一栋有 19 户的两层小楼，那栋小楼之前全部住着租赁户，谁从哪里返回了，谁应该立刻居家隔离，谁应该立即上报，何阿姨门儿清。即使周边环境最复杂的老旧社区，有了这一群居民志愿者，一切也有序了。

疫中百态

我是 2020 年 2 月 2 日坐着私家车回到重庆的。那天，成渝高速公路的防控已经很严格，路上通行的车并不多。在省际交界的收费站，等待测温通过的车辆开始排队，包括好几辆奔赴武汉运送支援物资的大货车。从重庆界下道后，我的车经过靠近主城的街镇，与几无人烟的成都街头和稍显寂寥的成渝高速公路形成反差，正值傍晚，路边能看见好些上了年纪的人，其中有几个没有戴口罩，即使戴了的，因为抽烟也把口罩拉到了下巴底下，他们在一间老旧的垂着卷帘门的铺面前的空坝里，打麻将、喝茶、聊天，仿佛这个镇子是太平盛世，外面的惊险万状都与他们无关。

这样会不会容易感染？这些人真的不害怕么？我替这群人忧虑着，却见街边一个戴白色"劳保口罩"的黑瘦汉子从远处大步走近，手臂上戴着"某某镇某某社区"的红袖标，手拿一个扩音喇叭，对着这两桌厉声呵斥：那些打麻将的，围在一起耍的，赶快闪；还有铺子也是，喊你关门，你这叫关门啊？把卷帘门拉下来，院子里头又干起。好，你不关门，等下我来给你关，那就有点麻烦了！

疫情形势严峻。"不漏一户、不漏一人"，这是政府一级关于社区抗疫的统一的规划策略。接下来，防控的效果如何，很大程度还得看社区居民自己的重视程度。所以，我一直认为，在这场史无前例的特殊战斗中，在一线治病救人的医生护士自然是战士，普通的国人同样也是战士——让自己不受新冠病毒感染，就是最大的胜利。

待我在小区车库停好车，正要像往常一样，从车库的电梯上楼回家，却发现车库里面的电梯间已经封闭，上面还贴了一张告示：因新冠肺炎疫情防控需要，车库电梯暂停使用，请业主一概从小区正门进入。从车库出来，绕行5分钟到唯一可以通行的小区正门，才发现这里已然严阵以待，戴着一次性医用口罩的小区保安分列左右，其中一个保安手持测温枪给每个进门的业主测量体温。轮到我时，那个保安量完体温又大声说："你那个口罩，鼻子那里要再抬高一点！你平时喜欢散步，这段时间不要乱跑！"本想着有些滑稽，进了门马上就到家了，口罩还得继续戴规范？我就喜欢散步，你还要特意再强调？保安的举动，颇让人感觉有些"拿起鸡毛当令箭"，似乎平时他们虽辛苦却没有被当回事，这次终于有些不一样了。不久之前，网传一位医院副院长坚决不戴口罩最终被免职,内里的起因,也是和门口保安杠起来,保安非要按章行事,而医院副院长则坚持自己的"颜面"。结局很难堪。

我走进家门不到10分钟,社区的电话追来了:"你回家了吗?请在家等候,我们马上入户为你测量体温并按要求发放'外地返渝居家隔离通知书'。"

"这是非常时期的规定,只要外地回来的,都一律居家隔离14天。请理解并配合。"社区的一位小姑娘上门了,表情很严肃。

面对前所未有的疫灾,社区管控异常严格。或许有人会埋怨社区害怕担责所以选择"一刀切",似乎"一刀切"是最简捷的管理办法。但要看到的是,绝大多数居民还是愿意遵守社区的所有规定,不仅仅是"两天一户指派一人出去购买生活必需品",甚至在这个基础上,他们还能自己"推陈出新"。因为大部分居民的想法是好好保护自己,尤其是据当时的统计,这种病毒性肺炎还有1%左右的死亡率。

2月初,天星桥街道的某某商品房小区,甚至自行在门口架设了一条"消毒通道",买菜归来的业主,必须在测量体温后通过那条烟雾弥漫的"通道"。很快,这个小区的"创举"被人发到群里,在微信群看见这个情形的其他群友,同我初见时一样,也是赞叹不已,觉得小区物业的工作竟然可以细致到如此程度。然而,很快有了说明,原来,这种"消毒通道"原本是适用于生猪养殖场里给"种猪"消毒的,最早是重庆某一小区从事畜牧专业的一位业主提议并亲自设计的,得到了小区所有业主的一致赞同,毕竟外出归来,全身消一遍毒才放心。

后来，这种设计从一个小区流传到另一个小区。可惜最终结论是，这种来源于种猪消毒的装置，于人似乎不甚科学。

全国新冠肺炎疫情暴发以来，凤天路社区某高档商品房小区的业主便自发建立了一个"疫情交流群"，业主们消息灵通，互通有无，一点风吹草动，就能引起众人警觉。3月下旬，全国疫情已经平息但境外输入病例频频，该小区业主又自发统计小区里的境外归来人员以及境外亲属，要求所有住户必须报备;在重庆市已降为"三级响应"并全面复工复产的情况下，还要求小区物管继续加强进出门戒备。据说，有位业主因为陪伴女儿读书而住在本市一处学区房，疫情期间有两个月没有回小区，待到一切好转再回来，却连小区大门都进不去，保安在门口盯着每个进来的业主，值守之严犹如正处风口浪尖，她正往前走，忽然被从值班亭里冲出来的业主代表大声叫住："拿出出路条，否则不准进去，我们这里还没有解封！""我是这个小区的业主，我住在B栋17-2，这段时间住在市里另一个小区，没有路条。可我有健康绿码呀！""那就不许进小区！"那个归来的业主立时蒙了："哪有这个规矩？竟然不许一直在主城待着的业主进小区！"这未免有些极端了。

当然，社区居民积极配合并想方设法避免感染，这是最好的情况。大多数商品房小区有负得起责任的物业管理，于社区也是最好的情况之一，但很多时候因为各种因素，社区的疫情防控工作充满难度。其中的曲折之多，连最小的只有2000来人的社区，理一理，也能装上几大箩筐。

从2月初开始，重庆的机关事业单位工作人员全部下沉到了社区。沙区退役军人事务局的科长犹贡勇下沉到了石井坡街道的光荣坡社区，与社区人员一起做防控工作。光荣坡社区与之前我曾多次走访的团结坝社区一样，属于单位型社区，除了已经老去的"特钢厂"的职工和家属，还有许多外来租户和购房居住者，楼栋大都建设于20世纪八九十年代，属于典型的开放式社区，防控颇具难度。社区工作者在这里的主要路口设卡，实行进出登记，甚至搭起简易板房昼夜值守。按照要求，进出需要验证出门条，上班的话需要单位开出复工证明。要求和执行都很严格，但是依然挡不住"从小路"溜出去的人，谁让山城的地貌坡坡坎坎，常常有几条坡路通向不同方向呢？或者，总是有人握着许多的"出门"理由，来和社区工作者们纠缠。

"不容易，有机会你下来看看。"犹贡勇跟我说。

那天，我跟杨公桥社区工作者晏妮聊的时候，她正说着她引以为傲的居民调解故事，中途突然接到一个紧急电话：社区里有一对80多岁的老人亟须隔离观察，因为他们的儿子刚刚在渝中区被确诊了新冠病毒肺炎，而当下最重要的事情是，要请社区帮忙照看隔离中的老人，因为他们起居不便，平时的生活主要是这个儿子在照管。"嗯，没问题，我马上去办！"晏妮答得很干脆。当然，对于已经从事社区工作15年，又专门搞"居务"这块，长期为居民的杂事"跳上跳下"的晏妮来说，社区的孤寡老人不少，照管老人本也不是什么难事，只是这次有些健康安全上面的风险。"是呀，我们跟民警、社区医院的医生一块儿爬上爬下入户排查。所有居家隔离人员，每一户都由社区帮忙买菜送菜。像这对被隔离的老人，除了给他们送菜甚至做好饭送去，每天还要测两次体温。"这些天，晏妮和她的同事们每天走路的步数都在30000步上下，这是手机软件测出来的。可控的东西做起来仅仅是麻烦而已，不可控的因素才是最让人担心的。让晏妮真正头大的是那些被居民租出去的房子，租户身份不明容易带来很多隐患。

老社区里有不少没有物业管理的旧房子，多是老厂遗留的宿舍，里面同样住着很多居民。那里是防控的重点区域，所以社区工作者常常登门或者打电话了解情况，次数一多，居民还会产生误解和烦躁："哟，你不是上午才打了一道电话，怎么又来了？"再看看那几个被隔离的对象，他们也有许多不同的想法。有人惊心于"风吹草动"，自己打电话给社区，说已经发烧了需要立刻送医，但社区医生跑来测量是37℃，尚属于正常；有人身体不适却不愿给社区报告。"有的人发烧是我们上门排查时发现的，按照程序，我们会先带他去社区医院照个片初步判断，如果可疑再送到定点医院去排除。可是，在这期间，也发生过发烧病人被我们带到定点医院却私自跑掉，最后被民警找回来的情况。"晏妮告诉我。

好在大灾之中，每个人都多多少少有想为社会出点力的自发心理动机。社区有许多热心居民主动找到晏妮，要给他们帮忙。感动归感动，晏妮担心热心居民有感染风险，所以还是把入户排查的危险任务留给自己，让志愿者帮忙在社区打打电话，"如果他们跟着入户还感染了，那可是了不得的大事。"晏妮说道。

2020年除夕夜，渝碚路街道的罗城管听说"农家土碗菜"餐馆在正月间还有酒席，就立刻找上门去使劲劝阻，要求老板取消宴请，退还客人订金。"哎，咱们做餐饮的不就指着这几天吗？你这城管管天管地，还管断别人财路！"老板娘情绪激动，出言不逊，甚至当场动手打了他，并强硬表示，接了生意就得做！罗城管也倔得很，认定的事坚决不放弃，了解到老板家住井口公租房，又冒雨靠着一路问找到她家里，反复做工作，直到对方同意为止。一切结束时已是凌晨3点。

"你知道吗？咱们社区几个小姑娘面对一大堆表格和夜里九十点钟还随时发生的代购任务，都哭了出来。"井口美丽阳光家园社区的李利云说。

美丽阳光家园社区包含公租房小区和工业园区，居民有15000多户共40000多人。由于公租房的特殊性，住户来自全国各地，以重庆主城以外的区县为主，有20%来自重庆以外的省份，略计一计，竟包含16个民族。对于人员如此密集复杂的小区，疫情防控更是难上加难。狡猾的新冠病毒不知隐藏在哪里，而进出的操着不同方言的居民更是让社区工作者头大。据说，春节期间，每天都有外地归来的居民，当然再过一段时间，复工开始，就会有成百成千的人回到公租房，24小时昼夜不停。人员进出活动越频繁，交叉感染的可能性自然就越大。所以，李利云等社区工作者都是24小时轮流值班，瞪大双眼不敢有一点疏忽。

"每户人每两天指派一人购买生活必需品"的规定刚一出来，就有人找上李利云，一开口就要这条规定的"红头文件"。"你听我说啊，上面下来的文件明确了'封闭式管理'几个字，具体如何执行，再从区一级街道一级一级细化下来。"李利云很坚持，"你按规定办就好，反正绝对是为了你好。"过了两天，又有人上门了。这个人一开口就说她有特殊情况，家里老辈子住在其他社区，每天都得出去看看；可是李利云分明记得这人就是个来主城区做小生意的，父母都在区县。正在分辩解释中，桌上电话骤然响起：一个居民说是到门口取快递，却想趁机出门，他没有出门条，被保安拦住了，刚刚两人一时冲动打了起来。

"美丽阳光家园情况复杂，为了更好防控，对上面下来的规定都统统'逗硬'。"比如整个公租房小区面积极大，原先一共有9道门，为了方便排查只留下3道门进出。这下子，如果要出门采购，从小区最里面往外走，需要足足10多分钟；再比如，从2月上旬开始，要求从湖北、重庆万州归来的一律集中隔离。就在我见到李利云的前一天，他刚刚劝走一个从万州自驾归来的公租房住户，对方一脸疲惫很是为难："好不容易得到路条返回主城，又说要集中隔离十几天，太麻烦了，那我还是回去吧，可我回去也得有个证明呀！"

"好，我这就把证明给你开好，你就往回走。实在对不起啊！"

其实，我能够理解这些。一切为了大局，一切为了胜利，原则必须坚持，就像战场上有许多特殊要求，最终都是为了保障打赢，疫情也是打仗。疫情之下，确实有太多无奈，无论社区还是居民。

我所认识的一对湖南夫妻，在重庆打工做小生意多年，在某个社区买了一套小房子，又在社区里租了两间小小的门面房，分别开了打印店和烧饼店，因为紧邻一所小学，所以平日生意很不错，放学的孩子会"照顾"烧饼店的生意，接孩子的家长会打印、复印孩子的小题单之类。疫情来了，学校不知何时开学，而除超市、药店以外的店铺也不知何时才能开业。"社区通知我先去办好健康证，后面还要填表、申报、盖章。"那个湖南人在电话里告诉我。他春节前回了老家，3月中旬还没回来，倒不是交通阻断不能回来，而是在当下，店铺暂时不能开，一家子经济上只出不进，况且去年又新添了老二。待在乡下，至少地里的菜和自己养的鸡不会花钱。

按规定，非重点疫区的回来的，需要居家隔离14天，期间不能出门。美丽阳光家园社区在住户门前专门打了封条，要求住户不得随意开门毁坏封条，可是这也很不容易做到。一对老夫妻从云南旅游回来就居家隔离，两人租住的是30多平米的"单间配套"，隔离期间，老太太总是把门敞开，网格员怎么劝说也没用："你知道不？我这个抽油烟机不好使，一炒菜油烟就满屋都是，气都透不了，不开门难道要闷死我呀？"而另外几个居家隔离的男人则更"搞怪"，一会儿点名要抽"老龙凤"，可负责楼栋的网格员是个小姑娘，哪里懂得"老龙凤""新龙凤"的区别，垫钱跑腿买来了还要换一堆抱怨：一会儿呢，埋怨说社区代购买来的菜太贵了，而且也不新鲜；一会儿夜里10点给网格员打电话，让帮着买一份外卖送上门。

"咦，不是可以手机上订餐吗？"我问。

"为了安全，小区不让外卖送进来。"李利云回答。

于是，那个孩子才1岁的姑娘最先哭了起来——每天一大早起来，至少要干到夜里八九点，入户排查，要上报一大堆数据，还要填许多表格，此外还有随时到来的代购任务。这一段时间，她甚至没有工夫去抱抱自己的宝宝。

"有一天，社区有3个工作人员嚷着不舒服，有一个说自己可能发烧了。发烧！我们一听，都很紧张，结果量了体温，只有36.7℃，虚惊一场。可能是心理作用吧！"

在陈家桥街道桥东社区，土生土长、已经工作了19个年头的社区书记程红，带着一众社区工作者，在辖区里巡逻照管。他们与那些"不听招呼"的安置房居民的"拉锯战"，已经持续了多日。

程红戴着一次性医用口罩，身披粉红色雨衣权当防护服，手拿高音喇叭，大声念着自己编的"防疫顺口溜"："冠状病毒猛如虎，居民朋友要警惕；不走东不走西，走东走西害自己；不扎堆不打牌，疫情过了天天来；重点人员多注意，待在家中养身体；勤洗手多通风，提高免疫最关键；同甘苦共患难，疫情战争才能胜，中国必胜！"程红所到之处，在社区里遛弯儿晒太阳的人，都往家的方向快步走动。但也有例外。这头，程红刚把一个非说今天按日子应该"组织学习"的年近八旬的老党员劝回家里"自学"，扭头，一个七十岁上下的胖大伯又从她身边擦肩而过直奔小区大门。好家伙，这人竟然连口罩也没戴！于是，程红快步上前劝说："大哥，您到哪里去？都什么时候了，您怎么敢不戴口罩？"

"啥时候，你说啥时候？我戴不戴口罩是我的自由！"

"这不是自不自由的问题，是安全问题！我拍个视频，请您的儿女看看，看他们会不会担心。"

"不要提啥子儿女，我没有儿女！"

"再说一次，出门请戴口罩，出示出门条，不然就各自回屋里待着！您瞧瞧，咱们的社区工作者和志愿者多辛苦，每天都来回劝导。"

"我没钱，我买不起口罩！"一面说，胖大伯一面径直往前走。

……

对于这位蛮横的大伯，当天傍晚，社区联系了派出所上门对他进行教育处理。当然，在桥东社区，教育处理只是一种方法，还有其他方法。比如，遇到天气好，一堆人都出来聚在一块儿聊天，社区工作者首先是赶紧冲上去劝阻人群，疏导他们散去，如果有人当场耍浑，那就给这个"浑人"两种选择，要么请他去趟派出所，要么就请他到大门口去当当义工，就两个小时，让他切身体会体会社区工作者的辛苦。

"安置房的居民都是'农转非'，特别是很多上了年纪的人，老旧观念根深蒂固，人显得特别横、特别顽固。非常时期，管理方法不强硬，根本没有办法实现'零感染'。"程红说。

安置房体量有 30 万平方米，共 172 个单元，属于典型的开放式小区，没有院墙或者栅栏。重庆开始启动一级响应时，社区便用蓝色塑料挡板把所有安置房"包围"起来，只留下 3 个出口。这样，社区工作者便在门口设卡登记，发放出入证，实现"每两天一户指派一人购买生活必需品"的规定。有人"不信邪"，不该他出门他偏要出来。那人出门时一手提着菜篮子，一手拿着扳手，走到围挡边，瞅着没人注意，三下五除二把围挡之间的铁丝弄开，硬从缝里挤出去。这种令人啼笑皆非的情形，程红亲自抓到过好多次。安置房的居民喜欢聚在一起喝酒、打麻将，在疫情发生后依然有居民在麻将馆里娱乐，社区把麻将馆老板叫过来开会，责令他彻底停止营业，当时答应得很好，但这只是表面。有人反映，外面关着门里面还在继续。这还了得，在密闭空间里又是聚集又不通风，感染的风险更大！于是，社区派出网格员趴在关闭的大门上,用耳朵贴着听里头的动静,一有风吹草动,马上通知辖区派出所过来抓"现行"。接下来,那个"不听招呼顶风作案"的老板,同样也面临两种选择:一、行政拘留五天;二、去当"义工"站门岗。

"社区工作呀,就是酸甜苦辣,五味俱全。"程红总结道。

丰文街道的丰文社区与桥东社区一样,也是安置房社区。但这里的小区外围有铁栏杆,饶是如此,也同样逃脱不了疫情期间栏杆被毁坏的命运。有居民在小区外"已征未用"的荒地上种下了许多蔬菜——出发点是自己种菜自己吃不用花钱。初春,种下的菜需要常常翻土浇水,于是就有人夹断小区栏杆出去。"有被当场抓住的,我们就责令他出钱或者想办法把栏杆修好。"社区书记程钰堂对我说。在丰文社区,总有一群居民每天和社区工作者玩"躲闪游戏"。他们在小区里聚集聊天,社区工作者赶来劝阻,他们就立马作鸟兽散回到楼栋里,不过一小会儿,就能在楼顶上重新看见他们的身影听见他们的欢声笑语——那堆人又在楼顶上相聚,还围成了一桌桌的牌局,不亦乐乎。

"那什么新冠的,没那么可怕,你看,我们这里没有一个人得病,对不对?"有老爷子对程钰堂说,他觉得社区的人完全是在瞎操心。

如果太阳出来了,更糟糕,小区外的山坡满眼是晒太阳的人。这时候,程钰堂如果再上去劝阻这些居民回家,就会有老年人拿拐杖打她,骂她这个小辈不懂事:哦,你们社区的人一天优哉游哉地在外面逛,我们就必须关在家里,这一点也不公平!

"最近，重庆市的新增确诊数据连续几天为零，这些人越发得意，跟我说，瞧，先前我说这病没那么可怕，你看看！"程钰堂说。

在安置房社区，每个楼栋都贴了二维码，扫码可以主动申请做志愿者。在桥东社区，先是有一对新婚夫妻当了志愿者，后来又有许多居民报了名，其中包括曾在征地拆迁前当过村委会主任的张清国。

"说实话，社区工作的人不容易，我当志愿者，亲眼看到有人把围挡弄开悄悄溜出去，亲眼见到确诊人数不断增加的时候还有人扎堆在坝坝里聊天，劝他们回家，他们还要骂人。每天跟着社区干部入户两三次，安置房都不带电梯的，7层楼爬上爬下，累。在农贸市场门口给进去买菜的居民量体温，有些人明知你在做什么，却偏要快步走他的，让你怎么都量不准。他们的素质让我很担心。"张清国感叹。2月初，重庆已有许多社区把辖区内的农贸市场当做重要管控点，除了测体温外，还要求买菜的居民必须持有小区发放的"出门条"。

山城行动

张清国的担忧，还跟相邻的丰文街道学府悦园公租房小区2月10日发生的6人聚集发病的疫情有关。

那6名确诊病例是亲戚，分两户居住在沙坪坝区丰文街道学府悦园公租房小区D区。其中一户6口人有5人确诊，另一户3口人有1人确诊。经广泛摸排和流行病学调查，1月21日下午6点，江北区居民余某某（女，38岁）与从武汉回渝的同学在江北区吃火锅，之后又一起打麻将至凌晨1点，后武汉同学被确诊为新冠肺炎。1月23日至27日，余某某到学府悦园公租房小区D区两户亲戚家做客，前后同吃同住4天。1月31日，余某某被江北区确诊为新冠肺炎。随后，沙坪坝区立即将余某某在学府悦园公租房小区D区的两户亲戚共9人作为密切接触者，进行居家隔离医学观察，建立台账，张贴封条，限制出入。社区医生每日两次上门测体温，物管每日两次对楼层和电梯、公共区域进行消毒，对生活垃圾进行规范处理，并帮其代购生活物资。隔离期间所有人没有任何体温异常和反映其他不适。岂料，2月10日隔离期满当日，区疾控中心对9人进行咽拭子核酸检测，7人阳性。当晚经市、区两级专家组会诊确定，6名为确诊病例，1名为无症状感染者。6名确诊患者已转至市公卫中心治疗，1名无症状感染者在区中医院继续隔离观察。也就在2月10日晚，沙区连夜对两户家庭居住楼栋实行封闭隔离，将所有住户（205户、364人）纳入一般接触者，严格实施14天的居家隔离医学观察。同时，责成物业公司进一步落实小区全封闭管理各项措施，属地街道牵头对学府悦园公租房小区所有租户再次开展拉网式排查，并由公租房管理中心通知未返家业主暂不返回。

　　从2020年除夕开始，丰文派出所民警潘继明已经连续战斗了20多天。2月16日上午，和往常一样，他与同事到辖区开展疫情防控工作。10时30分许，在龙腾丰文小区向群众宣传引导加强自身防护时，突发心脏疾病倒地，经全力抢救无效，不幸牺牲，年仅 51 岁。

位于大学城片区的官房寺社区同样有着数个确诊病例。这个社区很新，2017 年 11 月才成立，与邻近的桥东社区不同，其中的十余个小区均定位为中高档商品房，花园洋房、时尚高层比比皆是。这个社区的 11854 户、14000 多个居民中，大部分是外地购房者，由于春节假期，许多回老家的人还没有返回。关于疫情防控，"高尚小区"自有"高尚小区"的麻烦。社区入户排查的时候才发现，许多花园洋房入户很困难——为了保障安全，平日业主们都设置了"梯控"，就像某些高级酒店的电梯一样。社区只能跟物管协调，设法拿到了"梯控卡"，入户排查才得以继续进行。虽然从除夕开始社区就全员上班，但对社区书记曾德彬来说，从 2 月 2 日那天起，才开始最艰难的时刻——2 月 2 日晚上 7 点半，曾德彬还在办公室统计数据，电话来了，是个陌生电话，区疾控中心打来的，说刚刚筛出了高度疑似病例，患者是官房寺社区的。

"那个病例的工作地点是上清寺乡村基，他住在我们社区金科某高层小区。"突然之间来自疾控中心的预警电话，让曾德彬蒙了半天：怎么这些天担心的事情瞬间就变成真的了？没有更多的停顿，曾德彬搁下桌上一摞摞报表，马上打出若干个电话，接着做出一系列动作：连夜封闭患者居住的楼栋，然后迅速调集监控排查密切接触者；作为临时防控点的两个帐篷，也在封闭楼栋外连夜架设起来。一切如打仗一般。天一亮，立刻送 4 户 13 名密切接触者去集中隔离、采样，并等待最终结果，同时，全楼彻底消毒。那栋楼有 60 多户人，完全封闭管理后，他们的生活物资问题全部交由社区和物管解决。

"那60多户都是我们给买菜送菜。关键是患者家里还有居家隔离的亲属，因为对疫病的恐惧，物管甚至不敢走近那家人的门，于是我就自己去给他们送菜。其实也没有什么，就是按需求把菜买好然后放在他家门口。除此，我还和社区医院的医生、派出所民警一起每天入户，上下午给他们各测一次体温。"曾德彬说。

实际上，艰难的事情是接连发生的，并不仅仅限于金科某小区。2月4日凌晨，曾德彬再次接到区疾控中心的电话。这次他已经睡熟，是被电话铃声叫醒的，通常，社区工作者都是24小时开机。疾控中心告诉曾德彬，这是一个在某三甲医院测得核酸为阳性的病人，其职业是渝北区某物流公司司机，家住官房寺社区龙湖某小区里。这个病人对于自己怎么会感染病毒性肺炎，完全是一头雾水，他没有接触过任何与武汉相关的人员，前一段时间也没有参加什么聚餐活动。

患者居住的这栋楼有31层，每层8户人，当时有123户人居住。向上级报告之后，在天亮前，曾德彬和同事们就把这栋楼封闭了，门口贴上告示，并调集监控寻找社区密切接触者。清晨七点，入户排查开始。

"小区里有8户36人是密切接触者。同时，疾控中心在对其家人的筛查中，还发现了两人核酸结果是阳性——他的老婆和大女儿都是确诊患者。那户家里剩下了尚未感染的一老一小——老人60多岁，小的孩子才五六岁，社区自然担起了照顾这一老一小的责任。"

直面病毒，曾德彬常常感觉心里毛毛的。因为社区工作者要给那些有确诊患者的家庭面对面做登记、排查、测量体温，算是冲在最前面了，但自身的防护装备又极其简陋，除了一次性口罩，最常见的就是泳镜和雨衣，84消毒液等物资当时更是短缺。后来，有3位居民通过自己的私人渠道，买了酒精和防护效果更好的口罩赠给了社区。

在对龙湖某小区的排查中，社区工作者还发现了一些同样亟须医疗救助的特殊人群。这栋楼里，有人身患乳腺癌正处在每21天一个疗程的化疗周期中，有人患尿毒症多年每周需要数次透析"保命"，有半个月后便要生产的孕妇，还有行动不便、平时需要儿女定时送饭的独居老人。这些特殊人群构成了"社区抗疫"考卷中几道颇有难度的问答题。

抗疫的主题是什么？显然是针对新冠疫情。

最重要的是什么？显然是消除疫情。

那么疫情之外的其他困难人群怎么办？如果为了帮助他们而使防控工作出现漏洞怎么办？

……

每个有特殊情况的人就是一道小题，难易不等。

对于封楼后子女暂时无法近身照顾的独居老人，社区负责给他做饭送饭，每天登门入户查看情况。

对于乳腺癌化疗患者，到了赴医院治疗日期，社区指派一名家属开车送到医院，并要求对方在规定的时间内返回。

对于一个星期要做3次透析的尿毒症患者，在"封楼"期间第一次出门，社区专门叫了救护车送到医院，后来社区又特地为他订了安全可靠的专车，确保从家到医院的点对点接送。

问题不断地解决，新的问题也在不断出现。刚封楼的时候，有一户家庭刚出生的小孩因为新生儿黄疸在医院住院，做"蓝
पत

光"治疗。几天后，这户人家思子心切，总是担心孩子单独待在医院不能被照顾好，于是准备马上把孩子从医院接出来，但那个时候儿科医生认为还可以再住院治疗一周。综合各种因素的考虑，社区动员这家人再晚一个星期接小孩，那时如果一切顺利，楼栋也该解封了。最终这家人接受了社区的建议，当然，这也是反复协商的结果。

"我还记得，给这些特殊人群做工作的时候，一开始情绪最激动的，就是急着接回小孩的那户人以及还差半个月生小孩的孕妇。他们各自的担忧我们都很理解。我们要做的，就是努力用实际行动化解那些忧虑，比如那个要生孩子的孕妇，我们已经提前帮她与医院联系了，甚至连车辆都准备好了。也有楼里的居民觉得委屈，诘问我们为什么之前没有排查到确诊患者，对于这一点，我只能回答抱歉。"曾德彬说。

行走于社区之间，我一路听到的关于疫情中特殊人群的故事还有很多。

在渝碚路街道双巷子社区，73岁的老人家朱晓庄遇到一件麻烦事：44岁的女儿朱颖十几年前患了精神分裂症需要长期服药，平时是朱晓庄夫妇去区精神卫生中心按医嘱开药拿药，但这些天撞上疫情，女儿朱颖的药快吃完了，这当头朱晓庄夫妇又都感冒了，加上本来行动不便，老两口怕感染不敢出门，一家人急得像热锅上的蚂蚁团团转。实在等不下去，朱晓庄抱着试一试的心态打电话向社区求助。值守的社区工作者得知他们的情况，立即联系社区卫生服务中心，请他们帮忙询问区精神卫生中心是否有这家人需要的药品。待一切联系好，社区工作者立即前往该中心帮助朱颖开药，并把药亲自送上门。

这段时期的特殊人群，还有来自湖北甚或武汉的人，因为新冠病毒肺炎的爆发，旅居在外的他们处处被排斥，仿若他们铁定是该死的新冠病毒的携带者。就像除夕那天我在群里看见的，一辆武汉牌照的丰田小车停在某小区外的图片，能够瞬间让群里炸开锅，甚至提出报警，然而别人并没有任何违法行为。从除夕到之后的一段时间，疫情越严重，大众越敏感。

某天傍晚，渝碚路街道执法大队接到群众举报电话，反映疑似武汉人在辖区半月楼用餐。为了弄清情况防止疫情传播，执法大队与渝碚路派出所立即出动，后经现场核实，该用餐人员并非武汉人。

疫情风声最紧的时候，一位来自武汉的客人入住地处渝碚路街道的重庆大酒店。沙坪坝区人大代表、重庆大酒店总经理刘伟顶住压力，在接收武汉客人入住的同时，将这位客人入住楼层其余4间房客全部转移，此后房间一直空置。

"鄂人并不是恶人嘛！现在虽有疫情，但也正值春节，我们更应该让武汉客人感受到巴渝儿女的好客与温暖。"刘伟说。重庆大酒店的员工们一开始非常恐慌，没有人愿意为这位武汉客人提供客房服务，刘伟就每日陪同医护人员进入房间测量体温，主动为武汉客人送餐。所幸，这位武汉客人体温正常，无任何疑似症状。

有人告诉我：医护人员非常可敬，他们冲锋于战疫一线；其余以各种行动支持抗疫乃至做出不同牺牲的每一个国人，同样非常可敬。他亲眼所见，一个月的困守，令一位旅游业从业者之前的积蓄，几乎完全化为乌有，有人的生存基础都已经岌岌可危。我赞同他的看法。我认识一位在社区某高中补习班做饭的阿姨，因为补习班一直关闭，她最近两个月都没有收入。在超市，面对32元一斤的零碎梅花肉，她来来回回看了多少遍，最后终于驻足停留："我真的想吃肉！""那就买块小的吧！"熟识的超市大姐对她说，最后，这位阿姨挑了一块巴掌大小的肉，还怯怯地问："能不能再切割一下呢？"

社区的居民在疫情中努力生活，社区周围被迫关闭的小店拼命自救——临近中午，江湖菜馆的卷帘门半卷，铺面黑漆漆的，却隐隐可见有一丝丝热气从最深处的厨房里飘散出来，外卖的生意还在继续，一个着一身金黄的外卖小哥已经等候在店外。

"困难商户房租减半，特殊商户房租全免！""房租减半"……疫情下的生活艰难，这些房东说："虽然我们不在抗击疫情的第一线，但我们也想贡献出自己的一份力量！"

"没有什么可以帮忙的，希望这样做，能起到一点作用吧。"一位房东为自己的租客减免了7200元房租。三天后，作为医生的他也启程前往湖北一线支援。

"全国都要充分发挥社区在疫情防控中的阻击作用，把防控力量向社区下沉，加强社区各项防控措施的落实，使所有社区成为疫情防控的坚强堡垒。"习近平总书记2月10日在北京调研指导新型冠状病毒肺炎疫情防控工作时强调，"坚决把疫情扩散蔓延势头遏制住，坚决打赢疫情防控的人民战争、总体战、阻击战。"

《人民日报》亦刊出评论员文章：向奋战在一线的社区工作者致敬！

2020年春天，抗击新冠疫情，全国都在进行时。

请看，这是重庆在行动：

社区拉网式滚动排查 4 轮；

流行病学个案调查 8000 次；

累计追踪可疑症状人员 2.3 万人；

开展病毒核酸检测 10 万人次；

疑似至确诊时间均数从疫情初期的 1.87 天缩短到 0.74 天。

虽然疫情形势一度格外严峻，曾被担忧成为"第二个武汉"、与湖北紧紧相连、人口超过 3000 万的重庆，抗疫当中却一直都有拿得出手的成绩。

除夕之后几天，重庆疫情在全国的排名，曾一度到了第四、第五，到了 2 月初，暂时排名第八。2020 年 2 月 10 日晚的《新闻 1+1》栏目中，白岩松连线时任重庆市委常委、常务副市长的吴存荣，就重庆疫情以及各界关注的问题，做了及时、权威的回复，其中包括"随着企业陆续复工，与湖北相邻的重庆会采取哪些措施进行疫情防控？""重庆人口超过 3000 万，按资料显示，输出的劳动力会超过 400 万。我们为此做了什么样的准备？"

15 分钟时间，都给了重庆。这是本次疫情以来，重庆方面接受媒体专访的最高层面负责人，同时又是接受央视专访，其中的意义与内涵，非同一般。

3 月 6 日，黔江中心医院在院确诊患者清零。

3 月 11 日，重庆三峡中心医院在院确诊患者清零。

3 月 14 日，重医附属永川医院在院确诊患者清零。

3 月 15 日 11 时，重庆本地最后一例在院确诊病例在市公共卫生医疗救治中心治愈出院。至此，重庆市已无本地在院确诊病例，累计治愈出院 570 例，治愈率 98.96%。

第一章

大树枝干的最末端

寻找"社区"

如果说 2020 年初开始的那场空前疫情，让人们在"联防联控""人民战"等特殊词汇具象化的场景中真正认识了社区。那么再往回看，2019 年末，还有人因为遇着的事，方才匆匆忙忙寻找社区，哪怕他们其实一直"身在此山中"。

这是 2019 年的 12 月上旬，和之前两年一样，自主择业军队转业干部必须要接转好组织关系才能进行包括行政关系供给关系等等其他的系列接转。依据新落下的户籍，又有十来个人组织关系要落到重庆市沙坪坝区覃家岗街道的新鸣社区，需要到社区居委会办手续。

沙坪坝是重庆市最老的主城区之一，这里把山城的地貌表现得淋漓尽致，细观之，如同折叠城市。若汽车驶过某架立交桥，往下粗粗一瞧只是几条交错的马路再无其他，除了来往的密集车流，周遭空荡荡的。如若从指向复杂的立交桥某侧下错道，则可能进入一大片被山坡包围的凹地。这里分布了大大小小的街巷，林立的各色店铺打蒸笼、卖剪刀的都有。和其他老城区一样，街上隔不到 10 米就是一个火锅店——还没到晚饭的时间，几个扎红围裙的大姐在店门口用粗粝的大剪刀剪着干辣椒段，不时有行人扭头看去："哟，这'二荆条'看起够凶哦！""那是！二哥子晚上约起人来的话，锅底先给你们兑好，整个微微辣就蛮可以了！"一个大姐抬起头，跟一个路过的矮壮男人说。"要得要得！"路人其实是熟客。看看，立交桥与下方的马路之间，原来折叠着这样一片纯粹的市井之地！即使是长年生活在沙坪坝的人，也很难一下子叫出这一片的地名，若有人提示，他会恍然大悟，继而困惑地说："你说的地方我知道也去过啊，但没见过这一片儿啊！"

同样，夹在陆军军医大学、重庆图书馆和几个新建小区之间的新鸣社区居委会，也的确不大好找。那些前来接转关系的新自主择业干部，因为之前与地方接触少，所以只能借助手机导航或者沿途问人。手机导航在山城常常不大好用，眼看着提示就在前方200米，可走近一看，跟前是个山丘，目的地还需爬坡上坎几十个阶梯。几个自主择业干部跟着导航左拐右拐，从军医大学高滩岩的那道门出发，花了将近半个小时才找到办事的地儿。也有几个人过去一直喜欢在华彩菜市场买菜，知道华彩菜市场属于新鸣社区，估计居委会就在附近，于是一路问着找过来，问的都是沿途的店铺或者街上眉目慈祥的老年人。

"哦，往前走，左拐就到了。刚刚社区领导还过来落实我们店里几个人办医保的事。"

"哎呀，你原先是'三医大'的吧，居委会你都找不到？就在你们'三医大'后门的坡底下。"

等到了新鸣社区居委会，大伙儿才发觉这里其实很眼熟。原来，居委会所在的这块地，几年前还是一小片荒地，沿着前面的小路上坡，是军医大学的一道侧门，因为严格控制开门时间，所以平素行人不多。荒地正对是一道坡，坡下是一大片亟待拆迁的陋巷瓦房，里头阡陌纵横；荒地一侧又是崭新的商品房小区。荒地中间堆着瓦砾砖块，周围靠路边的地方被居民私自开垦出来，种上了小白菜、南瓜、辣椒之类。那时，新鸣社区居委会尚在一个安置房小区旁边，只有几个工作人员，那个办公点外表看上去很像一个早餐铺的门面。后来，社区清理了那一小片荒地，在那里起了一栋砖红色的三层小楼以及立着若干健身器材的小花园。

如今的大城市里，每个社区都有自己的特点。比如新鸣社区原是农村，半个多世纪前军医大学的地就是从这里征来的，当时许多地面上的农民就势转成了军队职工。最近的20年，城市化进程迅速推进。如今，沙坪坝区有112个社区，69.3万城镇人口（不含新近成立的高新区）。"农转非"的居民越来越多，安置房小区和新兴小区不断出现，就连重庆图书馆的新址也落脚在附近，这里俨然已是繁华城区的一分子了。农村的历史印记，却并不因城市外表的遮掩而彻底消失。城乡的碰撞，依然能够擦出许多火花，展开若干故事，并继而成为社区干部们重要又烦琐的工作内容。

站在居委会楼下，自主择业干部们才开始打量这个平素并不起眼也几乎没有打过交道的地方——除了各种崭新的健身器材，水泥花台里有冬季依然生气勃勃的常绿植物和开花的月季，还有几面党员展示墙。小楼的一层是社区服务大厅，有五六个服务窗口，甚至包括退役军人服务站——牌子很新，还泛着刚刚出厂不久的光泽。居民们进出大厅，办理社保、开准生证、出证明、做政策咨询……刚踏入地方的自主择业干部们很新奇，虽然他们长期住的营房也在社区里，但过去部队包揽了一切，甚至还为他们的随军家属服务，所以社区的这些情景他们第一次见。新鸣社区党委书记刘德军当年误打误撞与社区结缘时，也曾经以好奇的目光打量过这些陌生的事物。

2017年我自主择业，手握着组织关系接转凭证，也是导航起不了作用，于是转到经常去采买的华彩菜市场开始重新出发，去寻找"社区"——通常意义下，居民去办具体事所找的那个"社区"，就是指居委会。20世纪八九十年代，城镇喜欢直接称呼"居委会"，这个直呼还自然地和街上的热心大爷大妈联系在一起。进入新世纪后，"社区"这个称呼才日渐广泛。或许这种变化，包含着其功能的不断多元化——从调解这类杂七杂八的事务到更多的社会事务管理。话说回来，对华彩这个能够容纳近百个固定摊位的中等大小农贸市场，我是很熟悉的。华彩的东西很新鲜，除了能够活杀的鸡鸭鱼，还有鸽子、黄鳝、牛蛙等。在那里经营了数年"点杀"生意的商户，甚至还贴心地把现放出的热腾腾的鸡血给收拢在塑料袋里，连同切好块的鸡肉一并递给买主。当然，这样的鸡鸭活杀摊位，在2014年11月起到2016年底的两年"创卫"时间里，已几乎全部取消，到了2020年的疫情中，消灭得更是彻底。平日里，华彩市场外的游摊很多，那些穿制服或不穿制服戴红袖章的人，总是定时出去招呼他们，一般好言相劝：我晓得你也是拖儿带女混口饭吃，谁都难，但你不要在这个时候在这里出现，这样的话大家都难，换个时间地点吧，咱们有规定。一般人会以为这些管游摊的是"城管"，我开始也这样认为，后来才知道这些"城管"原是社区派出的，偶尔，刘德军这些"社区领导"也在他们当中。我根据一个居民的指引，沿着菜市场对直往一条一侧满是小饭店、水果店、五金铺的支路往前走，就找到了新鸣社区居委会。当时不觉大吃一惊，这不就是"三医大"侧门外头那块荒地吗？平时不打眼也没放在心上，什么时候起了这样一栋小楼呀？一层社区服务大厅的尽头有楼梯，往上走是二楼，有群众活动室、小会议室、心理咨询室、党务工作室、"老年大学"，等等，很有点"麻雀虽小，五脏俱全"的感觉。我没想到和居民打交道的最基层一线的地方，内部竟如此细致具体。我把组织关系落在了社区，原想着交交党费，或者时不时参加点他们组织的户外党员活动就可以了，权当联谊。结果是每月第三周的周日，社区支部组织生活雷打不动。如果说有事不能参加，那么支部就会从微信发去学习资料，并要求写出学习心得，似乎更不轻松。2019年国家成立退役军人事务部以后，社区也相应设立了退役军人服务窗口，包括我在内的一群退役军人被编进了专门的"退役军人党支部"，社区工作者、军嫂陈萍担任这个支部的书记。

　　2019年这次，说着一口流利普通话的刘德军亲自在党务办公室迎接这些前来接转组织关系的战友们，但战友们却并不知道刘德军是个老兵。他们甚至觉得这个皮肤黝黑、个头矮壮的社区工作者十分啰唆，不就接转个关系，交交党费么？用得着仔细核对入党材料复印件，反复叮嘱按照党章要求过好组织生活，还要求交一寸照片办党员证么？他甚至仔仔细细地按照退役金比例核算党费。啊，不是传说街道社区对于没有单位的人最多只收10元党费吗？这个50多岁的"多事儿"男人，想来一定是那些热心"马大姐"一手一脚带出来的，战友们想着。

　　待这些战友一一落好关系，刘德军端出一杯杯茶水招呼大家，气氛又慢慢变得融洽。大家开始攀谈起来。聊得最多的，是自主以后的打算：从创业、返聘回原单位到退役军人招聘专场去找份工作——咱们到某个私营企业里搞个管理还是可以的。

　　"如果社区招聘工作人员，你们会考虑吗？"刘德军突然问。

几个人互相看看，露出惊讶的神情，半天没人吭声。最后，还是一个正团职的自主择业干部开口了：

"这个嘛。居委会是不是必须跟大爷大妈成天打交道？我们不确定能不能干得来。再说，从部队出来选自主择业，不就想从琐碎中挣脱出来，活得更洒脱些，是不是？"

这一席话，大家很赞同，都笑起来。于是，轻松随意的聊天继续下去，有人提到了利用医院资源做诊所生意的战友以及去西昌志愿支教的"最美退役军人"谢彬蓉——恰好有人和她认识。

似乎没人关注刘德军引出的话题。虽然一个将近30年军龄的老兵，自主择业之后，在工资不高的社区摸爬滚打，的确有些少见。刘德军静静地立在一旁听着战友们说笑，他知道，从部队出来，再跑到地方的最基层搞服务，对绝大多数自主人来说，是个前所未有也没多少趣味的选项。

约莫五分钟后，战友们告辞，两个看上去60岁上下的大姐找上了刘德军。她们俩看起来都像有急事，抢着说话，结果谁都没有说清楚。

"这样，一个一个讲。"刘德军说。

穿着大红色薄羽绒服的大姐先讲。她一年前刚刚从邮局退休，做了几十年的具体事儿，退下来儿子还没结婚，没有小孩，一下闲了还有些受不了；眼下返聘的工作又不好找，她就想到了社区——在社区找点事情做，她愿意为群众服务，社区当然也欢迎。起初，社区想分配她去不远处做"交通文明劝导员"，站大马路边，上午工作两小时，下午工作两小时，每个月有1500元的补助。可这位大姐觉得这活儿还是太轻松了,想换个"劳累"点的,监督社区清洁卫生什么的,都可以。

刘德军一边听一边点头,想法是好的,搞清洁这块儿可是一般人不愿意做的:"你真要去?"

"要得呀,现在不是喊城市'创文创卫'么?"大姐又说。

另一个身形宽阔些的大姐说话了:"书记呀,今晚楼上活动室不是说给我们老年舞蹈队用了吗?里面咋还有许多桌子板凳摆着呢?"

哟,刚开过党员大会,忘搬走了。刘德军拍拍手,叫上几个人,便风风火火地上楼搬桌椅:"莫挡到你们跳操了。""书记,不是跳操,是跳舞。"胖大姐跟着去搭把手,还凑上去笑嘻嘻地跟刘德军说,"书记呀,我们这些群众是相信你们的,你看,我把钱都存在你们社区银行的!"

"什么社区银行?!"刘德军吓了一跳,哪有什么社区银行?

"就是街对面那家,去年他们来社区搞了些包饺子之类好耍的活动。"那大姐说。

刘德军这才搞明白,原来居民对那些过来搞联谊的银行很熟悉了,因为信任社区,也顺带信任他们。

社区工作就是这样,包罗万象,方方面面,犹如一棵大树分出的枝干那头最末端的——细小不打眼却恰好与叶柄、叶片紧密相连。

在中国,街道办事处是基本城市化的行政区划,下辖若干社区居民委员会,或有极少数的行政村。具体讲,街道办事处是区政府的派出机构,是代表区级政府在辖区内实行社会管理的基层组织，其管理手段是行政手段；社区居委会是居民自治组织，代表居民在社区内进行社区管理，其管理手段是自我管理。街道办事处与社区居委会之间是指导与被指导的关系，街道办事处对社区居委会工作给予指导、支持和帮助，社区居委会要依法协助街道办事处开展工作。

瞧，社区居委会说到底是个"居民自治组织"，自己没有一分钱经费，更不可能有上级拨款，每每需要花钱都必须向街道打报告申请，可又实实在在地具备无数政府职能。一般来说，社区居民委员会主要职责包括：宣传宪法、法律、法规和国家的政策，维护居民的合法权益，教育居民履行依法应尽的义务，爱护公共财产，开展多种形式的社会主义精神文明建设活动；协助办理本居住地区居民的公共事务和公益事业；调解民间纠纷；做好生活安全、社会治安宣传；协助人民政府或者它的派出机关做好与居民利益有关的工作；向人民政府或者它的派出机关反映居民的意见、要求并提出建议；开展便民利民的社区服务活动，可以兴办有关的服务事业。

不仅仅是企事业单位的联谊合作，社区更承担着实在的琐碎的杂务：比如，大马路上的清洁由城管局负责，转进去的街巷里的清洁则是社区负责；大马路边游摊的管理者属于"城管执法"，转进去的街巷、菜市场门口之类的管理者还是社区。再比如，针对40至50岁在家政、餐饮等行业"灵活就业"居民的"40、50灵活就业补贴"政策的开展……一句话，居民的日常几乎都与社区有关。有人会说，我是机关事业单位的，我们的事情都是单位全管，不劳社区。可是，他们的孩子入托读小学、接种疫苗等又都与社区有密切关系。就像我和战友们要落下组织关系,就必须到社区走一遭,之后,就会与之有更多联系,而不仅仅是组织生活。当一个人,一个总被算作"我们"当中一员的人,久而久之,真的会对集体产生一种归属感,虽然可能你有自己效劳的单位——总之,这是一种不可言说的亲切联系。也因为这样,有退役军人在疫情防控期间主动当起了社区志愿者,虽然做的事情很微小,守在楼栋门口登记和打打电话之类的。

当年,给家喻户晓的央视春晚"千手观音"表演团队化妆的侯雪源落户到新鸣社区。一件褶皱黑上衣,搭配一条黑色的潮裤,加上1米84的个头,这位著名化妆师给人的第一感觉就是时尚,但当他起身蹒跚着走上几步,你立马就知道,这是一个残疾人。创业之初,侯雪源用政府补助的微企3万元资金和3000元残联补贴资金成立了"雪源工作室",后来生意日渐红火。侯雪源半生曲折,颇有个性。但就是这样一点不愿被约束的人,也被细碎的点滴打动,成了社区的"积极分子"。虽然他明着对我说他不是个"做公益"的人,他必须挣钱生存,但是年底街道搞群众联欢,他还是带着他的团队和工具来了,给演员们化个鲜艳的妆,再拉着社区工作者化个稍淡的妆。"我化的妆是依据大家的衣着来定的。"留心一看,这个中年男人脸上竟也敷着一层薄粉,"我是干这行的,当然自己就要做表率。"被一群女同胞围着的侯雪源,还有糖饼、灯谜……这样的年节热闹情形,即使是不相干的外人,也想探头进去,捞一把一大群人共同制造的温暖欢乐。

送走两个大姐,刘德军看看表,不知不觉已经快下午4点了。在6点钟之前,他还需要去家访一个低保对象,然后到社区里一对老夫妇家里做协调工作：他们身患精神分裂症的儿子在经过一段时间规范治疗后，病情已经得到控制，医院认为可以办理出院，夫妻俩却出现了争执——老伯希望儿子一直住在医院，免得出来再闹事；老婆婆一心想儿子出院，怕他在精神病院遭罪。如果做完这些还有半个小时的时间，他得抓紧去找住在干休所的居民，跟他们商量与另一个商品房小区公共地块争端的解决方案。老兵刘德军已习惯社区这打仗一样的节奏。

刘德军离开办公室，还在待命中的电脑微信不断发出"当当"的消息提示音，可能是街道正不断发出的各项指令，有上头的最新政策，还有最近的学习教育活动安排；可能是各个口的社区工作人员报上来的周工作总结，或者社区网格员刚刚发现、亟须解决的新问题；也可能是某个经济适用房小区的物管因为居民给的费用太低即将撤场的告知；还有可能是困难居民的求助……等到天黑尽，刘德军从外面归来，再一一处理这些堆叠的信息。

"模板社区"

等到我在2019年的最后几天，因为"都市一线故事"需要再次采访与我同龄、在当地土生土长、曾亲眼见证乡村"城市化"进程的社区工作者龙劲涛时，被人告知，他已经调任到另一个社区了。

两个月前，新鸣社区原先的书记、与刘德军曾搭档近一年的龙劲涛调到了大马路对面的凤天路社区，那是覃家岗街道的一个"模板社区"。如果上面有重要人物下来参观，那么他一定会被街道请到凤天路社区，在居委会院子里走一圈，里里外外看一遍，关于这个街道的所有治理经验就浓缩在这个院子里。当然，绝不会漏掉其他社区——若干关于其他社区的介绍，全都集中在院子中心的一长溜展板上。精心打造过的凤天路社区也确与其他社区有所区别，比如条件齐备上档次的"老人日间照料中心"——这是许多社区在工作汇报中屡屡提到但一直处于谋划或刚刚动工阶段的事物，是社区解决当下老龄化问题的先进方法之一。类似"老人日间照料中心"这样的大好事物，与资金投入当然密切相关，作为"模板社区"的一大好处，自然就是经费方面的优先投入。在这一点上，新鸣社区的人其实是羡慕对面凤天路社区的。

"那个，街道上的某某领导，我需要筹措×万，打造某某某！""唔，没问题，拿去。"这是"模板社区"，但其他社区"要钱"不见得能这么顺利，最常见的便是几经曲折之事。

这些都可以理解。对于财政不算宽裕的街道来说，资源毕竟是有限的，必须集中力量办大事。

如那些2019年落组织关系的战友见到的，新鸣社区居委会楼下有小花园，有运动器材，背后甚至还有一片篮球场，建设得还算不错，但新鸣社区在街道仅算个一般社区。可见，社区各有不同的得到支持的办法。也就在2019年快要结束的那几天，街道叫了工人过来，给新鸣社区居委会安装外墙上的雨棚——这是社区之前数次申请过的。刘德军和新任的年轻的居委会主任一起，站在楼下紧盯着现场监工。他们虽然为申请的事项终究得到回馈而高兴,但也觉得这件事街道全部做主的话,多少有点小瑕疵。比如,这个蓝色的雨棚,就颜色来说,与整个三层小楼枣红的外墙色彩不太搭,有些突兀。

"如果让社区自己选的话,效果可能还要好一些。"刘德军说。

继续采访龙劲涛,也是我寻找凤天路社区的过程。我没有去过这个社区。其他人告诉我,凤天路社区居委会是在森林公园旁边,硬件条件相当出色。

走出新鸣社区,立在重庆图书馆一旁望向马路对侧,条块分明的商品房小区尽头是一片树木葱茏的山坡,这是山城比较常见的森林公园,或称"城市生态公园"。重庆以外的平原城市,包括成都,说起"爬山",一般的认知都是"周末",但在山城重庆,"爬山"随时随地。我虽没去过马路对面那片山坡,但我以前的同事常常于春夏季节在朋友圈展示傍晚"爬山"的情形,一同上镜的还有诸多紫色、粉色、杂色的野花。二十年前,马路的对侧是农田和池塘,其间散落着各式农舍,阡陌纵横,鸡犬相闻,丘陵上层层叠叠种着桑树。1997年重庆直辖,"大城乡""城中村"的格局开始打破。之前龙劲涛曾告诉我,在覃家岗还是个面积极大的乡镇之时,这一大片全是新立村的地。龙劲涛算是土生土长的新立村村民,他的社区工作者生涯,是从2001年大学毕业回到村子里做财务工作开始的。大规模的征地拆迁之后,原先的村民"农转非",被安置到其他地方,或集中或分散。2002年前后,马路对面修起了第一个商品房小区,售价为2000元每平米。那时,这样的价位在重庆"偏贵",要买两室一厅的100平米的房子,需要20万。也就在2002年

53

前后，重庆许多机关事业单位和大型国企都开始建设经济适用房，价格要比市面上的房子便宜近一半，选址也同样是在这些"城中村"。当年，单位上的人都在计算，是买一套便宜划算的经济适用房好，还是买一套虽不便宜，但户型设计和小区配套完备的商品房好。我的那位同事也曾经烦恼过，如果买经济适用房，手上的钱可以差不多付完全款；如果买马路对面刚动工的商品房，那还需要向银行贷款；住进去之后，每月还有按平方算的物管费。但那套房子里，大到可以装下一架秋千的阳台，深深吸引了骨子里有文艺范的同事，最终她还是买了商品房。这房子附带一个隐形好处，森林公园就在旁边，环境好。如今，马路对面被中高档商品房小区全数占据，居住在那里的大多是高校教师、医院医生、退休干部或者经商者——这一片就是凤天路社区，辖区面积0.9平方公里，涵盖11个小区，共7526户22600余人。

有言"三十年河东，三十年河西"，时势造英雄，时势也造就了新兴直辖市的"高尚住宅区"。

过了马路，朝着被某某花园A、B两区夹着的小马路一直往前，眼看就要挨着山坡了，又意外地出现一条右斜的小道，颇有曲径通幽的意味。小道一侧，能够见到"森林公园"层叠向上的步道。沿着小道再走个三五分钟，就到了凤天路社区居委会。第一眼感觉，这个居委会的外观，像某个景区的游客中心——全仿古的亭台楼阁，还有一片足有中型停车场大小的活动场地。凤天路社区居委会的门口，也恰好是森林公园的入口。原来，这块儿本是个倚着"城市生态公园"修建的"公园管理用房"，2013年4月新兴的凤天路社区成立，覃家岗街道因着位置的便利将它回购作为"社区便民服务中心",居委会在这里,也直接造就了这个"模板社区"的优势硬件。与其他社区逼仄紧迫的办公环境不同,凤天路社区办公服务面积共7000平方米,设有一站式便民服务中心、微型少年宫、养老服务站(养老服务中心)、四点半课堂(妇女儿童之家)、文体公园等11个功能区。现在的龙劲涛,就在这个"高配"的社区里做着"一把手"。

"没错,我们这里主要是一些高收入、高素质居民,所谓'三高'——物质生活水平较高、文化素质较高、精神文化需求较高,一些鸡毛蒜皮的烦心小事确实少了很多,不会像许多安置房社区、企业家属楼旧社区或者公租房社区那样,涉及低保、涉及困难群众帮扶或者与居民生活习惯相关的问题一大堆。可是,这样的居民,在精神层面的要求会更多,相应地,忍耐力也有限。有人到山坡上的生态公园里锻炼身体,如果说有树枝挡了他们的道,他们回头会马上向社区反映问题,说长期不修剪树枝有安全隐患,而且现反映了问题就期待着马上解决。"龙劲涛告诉我。某个风雨之夜,居委会院子里的国旗绑绳松了,旗帜掉下一半,当时无人察觉。次日早上6点过,晨练的居民发现了这个情况,竟然选择赶紧给沙区政府反映情况:瞧,社区无缘无故"降半旗"了,令社区工作人员哭笑不得。

哭笑不得的情况,可能还包括我在本地新冠疫情平息之后听说的一些事情。凤天路某小区在3月底全市复工复产的情况下,还要求小区物管继续加强进出门戒备,甚至连在本市其他主城区居住的业主也被"拒之门外",因为对方拿不出疫情期间该小区发放的"出门条"。

正如疫情之中何方方暗自发现的情况，2月初最危险的时段值守重庆西站的志愿者，大都是"小康"以上生活水平的社区居民。果然，"小康"以上居民偏多的凤天路社区，志愿者数量很多，不论在街道或是全区，都排名靠前。关于凤天路社区，有三个数据很值得关注：这个社区注册志愿者人数占社区常住人口的比例是15%，社区注册志愿者人数是3218人，每年组织志愿服务活动次数是120次。

我采访龙劲涛那天是周四，据说我来早了一天，否则就能在次日下午亲眼看见"葫芦丝达人"周书明义务教一群娃娃学吹奏的场景。但周四这天也相当热闹，一群老年志愿者在社区空坝里练习"土琵琶"，说是后面有群众宣传活动能派上用场。

"你看我能给社区做点啥？"凤天路社区刚成立不久，一个老大哥就上门了。对刚到任的社区工作者来说，这有些意外。他们过去在新立社区或者上桥村工作时得到的经验是：上年纪的人来访要做好调解说服的心理准备，因为他们常常带来琐事纠纷或者压根无从解决的问题、想法。但他们没有料到的是，这个主动上门的老大哥正是他们打算上门拜访的"葫芦丝达人"周书明。

周书明是奉节某小学的退休校长，和妻子一起，在2013年定居主城，与儿子一起住在凤天路社区。虽然说是前来社区养老的区县退休教师，但周书明却是个闲不下来的人。他年轻时跟随一位抗美援朝老兵学会了吹葫芦丝这项技艺。葫芦丝很独特，它属于民族乐器，音色悠扬婉转，清雅动听。周书明认为，葫芦丝吹起来不需要太足的"气"，孩子和老年人都可以学。过去，他还曾利用假期专程到云南拜师学艺，学成回来后开始在所供职的奉节某小学进行推广。

20世纪90年代，县城的学校少有兴趣班之类的活动，教老师和学生们吹葫芦丝，周书明是希望丰富他们的课余生活，多接受一些音乐熏陶。开始的几年，师生们的葫芦丝吹奏节目多次在市级和县级文艺汇演中取得优异成绩。数年之后，素质教育呼声高涨，周书明得到了意外的回报——他的200余名学生通过了专业八级考试。2012年周书明退休，那时他已经在县城很有名气，好几所学校都希望返聘他。这时周书明做出了一个选择——前往离奉节城区最远、海拔1000多米的山区学校黄村小学支教，因为"那里条件最差，孩子们更需要有人能带给他们一些新鲜的东西"。支教的一年多时间里，周书明每天为三到六年级的200多名学生上6节课，一天下来嗓子干得直冒烟。冬天山上常下雪，周书明感冒了好几次，却坚持不请假，因为他记得，一吹起葫芦丝，学生们的眼睛就亮了，个个沉浸在美妙的旋律里。

支教的日子里，有一个叫吴兴波的低年级贫困学生让周书明特别难忘。一天下课后，吴兴波怯怯地走进周书明办公室，从书包里掏出一个还热乎的鸡蛋："周老师，我也想学葫芦丝，能不能拿这个顶学费……"周书明当时就湿了眼眶，伸手拍了拍孩子的肩膀："老师不收学费，等你上三年级就教你。"从那以后，周书明开始编纂教学用的葫芦丝吹奏教材，还挤出时间培养学校的年轻教师吹葫芦丝，以便在他支教结束后保证老师不断档。对家庭困难的学生，他甚至自己掏钱买乐器送给孩子。学生们也没有辜负周书明的期望。吴兴波的姐姐吴兴月由于葫芦丝吹得好，小学毕业后被奉节中学免试录取。

所以，当定居凤天路社区的周书明找到社区工作者询问"我能做什么"的时候，社区工作者早就想登门请"周老师做点什么"，两者不谋而合。

于是，周五的下午雷打不动，沙坪坝区凤天路社区的"微型少年宫"里传出阵阵葫芦丝吹奏声。这是一曲《牧羊曲》，孩子们坐成一排，周书明则坐在一侧，一副教这群孩子吹奏的姿态。葫芦丝悠扬，路过此处的一位社区居民微笑着说："周老师又在教娃娃们练习了。"

龙劲涛告诉我，周老师不只免费教葫芦丝，还免费帮大伙儿修理葫芦丝，累计下来这七年都有上万只了，"在磁器口那条商业街上，修一个葫芦丝可是要花50元钱呢"。

"葫芦丝达人"很厉害。后来社区工作者发现，这个崭新的"高级社区"还有很多达人。

退役军人夏爱平也是主动找到社区"接上头"的。这是个头脑灵活的自由职业者，1999年，志愿兵夏爱平退役后在重庆变压器厂工作，可惜厂子效益不好，2010年他下岗以后，就一直经营红酒生意。他性子豪爽侠气，在哪里都一样，喜欢给人帮忙。就在几天前，夏爱平在社区门口撞见一个急得跳脚的人，他平生最见不得别人难受着急，便立马赶着去问那人缘由。那个上火的大伯急吼吼地告诉他，自己出门时忘了带钥匙，最大的问题是，厨房的锅子里还炖着汤，过会儿该烧干了，会出大事！"那你赶快拿出手机打119呀！"夏爱平提醒那个大伯。"可我想着我就出门买袋盐，一下就回，也没带手机。"那个大伯回答。事不宜迟，夏爱平立刻掏出自己的手机打了119求援。为了防止119到来之前可能发生的灾情，他问清了大伯所居住的楼栋门牌，然后赶着上了楼，敲开大伯邻居家的门。在征得这家人同意后，从他们的阳台敏捷地翻越到大伯家里。到厨房一看，锅子里的汤刚刚烧干，熏黑的锅底滋滋作响，真的很险。有人会觉得这个夏爱平怎么会有这种胆量：从这个阳台翻到另一个阳台，这中间还有一段距离，这可是十几层楼高啊，往下一看，立时头晕目眩。夏爱平真心是不怕的。他当年是在天津武警边防总队服役，这个老兵有一身硬本事。

我见到龙劲涛的那天，也亲眼见到了夏爱平。他现在是凤天路社区的一名支部书记，他是来社区交支部记录本的。按照规定，支部生活会一月一开，夏爱平记得很细，这也是过去当兵留下的习惯，他说："那时部队里过组织生活，人人搬一个小马扎，规规矩矩坐好，指导员讲的每个字都听好，一字不漏都记下。"就在昨天，夏爱平才记完上次支部会议的学习内容，记录本已经满满当当。"你看，我中指的这个位置都被钢笔顶得凹进去了。社区的每件事情，如果要认真做，那都得花费不少精力。说实话，现在社区里一个支部书记要记要写要交的东西太多了。"夏爱平举起他的右手给我看。

在"模板社区"凤天路，有葫芦丝、亲亲宝贝、萌娃总动员、"乐享桑榆"养老服务、"80、90"青年宣讲、重阳敬老、连心家长、缤纷四季、社区微公益等一批社区特色志愿服务活动品牌，服务对象涵盖未成年人、空巢老人、贫困人员、辖区居民、儿童家长、环卫工人等，一支3200余人的"金色花"志愿者队伍，细分为党员志愿服务队、文体志愿服务队、巾帼志愿服务队、卫生志愿服务队等36支志愿服务队，形成与重庆大学、四川美术学院、名校联小等学校组成的校地联盟，与轨道环线项目部、三峡银行、沃尔玛商场等企业组成的企地联盟,与中国人民解放军重庆通讯学院组成的军地联盟。每年开展学雷锋、爱心助学、扶贫帮困、文明劝导等志愿服务活动120余次,受众人数达到13000余人。

我所见的"类型社区"

从老房征收现场一片火热的磁器口古镇离开,然后乘坐轨道1号线,在双碑站下车,就到达双碑街道了,同时,这里离石井坡街道也很近。双碑街道与石井坡街道辖区紧密连接,这一大片,分布着我要走访的数个社区,也是我笔下"都市烟火故事"的主角之一。这些连成片的社区有一个共同特点,它们是"单位型社区"——多数是大型国有企业过去的家属区,也是"城市社区"中最典型的老旧社区。

20多年前,超级大厂嘉陵厂、特钢厂集中在这一片。最鼎盛时,数万人在这一大片高低起伏的山地上工作、生活。这里火热、兴旺,地名也很有特色:自由村、勤居村、建设坡、光荣坡、团结坝,纷纷指向"工人最光荣"的时代。老旧社区的原住民都是国企职工及其父母、配偶、子女等家属,后来时代变迁,厂子转型或者衰落,孩子们长大之后出去工作,一些退休的职工和家属便跟着孩子搬走了,留下的房子或卖或租,所以,现在这些老旧社区里,除了坚持住在这里的念旧的老职工,还有许多买了房子的新住户和外来租户。要找双碑街道的自由村社区，大路尽头右转，一直往里走，会经过许多路口。这些路口狭窄，但里面扩展开来，是一栋栋大多修建于20世纪90年代的宿舍楼，当然还有年代更久远的。经过外墙包装，老楼灰或砖红的原色已经看不见了，社区居委会就隐藏在前方某个路口里。这些道路和宿舍楼，都是大型国企嘉陵厂从前家属区的一部分，自由村社区是这样，勤居村社区也是这样。这些社区的社区工作者，多是嘉陵厂的职工，有的因为当年厂里效益不好提前出来，在社会上兜兜转转一圈来到居委会；有的因为嘉陵厂要搬迁到远离主城的璧山，害怕离开自己最熟悉的环境，也就主动离开，继而到社区工作。今天来看，璧山一点也不算远，轨道1号线就能从沙坪坝途经大学城再到璧山，半个多小时的车程而已。不管是哪种情况，本厂职工出身的社区工作者对家属区社区是最熟悉的。"大家在厂子里共处了十几二十年，就算叫不出名字，但一看脸，也是一副熟面孔，肯定是在哪里见过的。再说，你认识我，我认识你，你有急事哪怕大半夜也可以直接敲我家的门找我，而我上班的路上就能顺便去你家看看你有什么困难。"自由村社区的王登利对我说，她是一位嘉陵厂职工家属，到社区上班已经十几年了。

其实，你认识我，我认识你，这就为这些没有引进物管的老旧社区实现"居民自治"奠定了良好的基础。为了防止外来车辆随意乱停乱放，堵塞路口的消防通道，几年前，自由村的居民们自发协商，家中有车的居民每户出300元，凑钱买了自动升降杆。为了节省开支，几个能干的居民自己动手在路口安装，这样省下来的钱又装上了监控，由居民代表轮流监看升降杆。因为道路狭窄，车位有限，小区里没有设置固定车位，实行"先来先停",但对"哪里能停车,哪里不能停"却有明确规定,车辆随意停放是要罚款的。起先一些居民对"自己人还要罚款"表示不理解,但时间一长,管理的效果渐渐出来,大家也就认可支持了。当然,收到的罚款也全部用于小区公共建设。2019年初,企业家属区用电移交"国家电力",直接牵涉到路灯费用的分摊。彼此熟识的居民又很快达成一致,接电入户,大家共同分担这笔公用电费,每个楼栋自己负责收这笔钱。年轻的楼栋长有些犯愁,有老职工拍拍她的肩头:"这件事还是我来干吧!"人熟有威信的老职工亲自出面,敲开楼栋里各家的家门,钱很快就收齐上交了。

　　从双碑菜市场出发,走过一条弯弯曲曲比较隐蔽的小道,就能够到达石井坡街道的"模板社区"团结坝。上午九十点钟,这条小道上的人三五成群。这是团结坝居民为去双碑菜市场买菜抄的一条近道。原先,这里根本没有路,所谓路,是人们自己用脚踩出来的。下雨泥泞,天晴晒干后留下足迹,走起来反而更顺当了。在那条烂路上赶着出去买菜的,很多是原先特钢厂的退休职工和家属。他们大都上了年纪,摔到磕到是常事。为啥有大路不走非得抄小道?远呗,绕一圈走过去,得将近半个小时,抄小道也就十来分钟。路远可以坐车,从团结坝走到特钢体育场那边去坐公交车,两站路到双碑菜市场。再说,除了双碑菜市场,团结坝社区周围也有许多新开的小超市或者鲜菜摊,要说,东西也很新鲜,完全不需要那么折腾地去买。但是,对于常年生活在老厂家属区的人来说,哪里的肉最新鲜、哪里的蔬菜最不"烧秤"、哪里的卤菜最香、哪里的瓜子炒得最好,这些早已有了定论:要买心中觉得最好的东西,可以多走路，并且也不必要再格外多花钱坐车——毕竟，住在老旧社区的老人，退休金并不高。

那条连接双碑菜市场和团结坝社区的"便道"问题，居民早就向居委会反映过。同样出自老厂的社区工作者当然知晓居民们的心声，但要解决也绝非易事。因为，那条被居民踩出来的路本来就不应该是"路"，因为连带路边这一片，本就是计划开发的地块。单单是修好那条路，就需要十几万元钱，按照政策，上面是不会给已被企业征用的土地再出这笔钱的。但群众确实有急迫的现实需求，作为社区，又不能置之不理，把问题搁置在那里。

"社区工作很大一部分是考验基层工作者解决问题的能力。要知道，政策实际落后于新出现的问题，所以应当在不违背政策的前提下，创造性地解决问题，让党和国家的惠民政策更好地与群众对接。"团结坝社区党委书记、"全国最美城乡工作者"杨春敏说。在后来我与她的接触中，也屡屡听她讲起这个观点以及由这个观点衍生出的许多故事。这条居民最喜欢走的"路"，最终修好了，并且没有花大家一分钱，是一个企业主动帮忙给修了条水泥路出来，那个企业曾在社区的帮助下解决了问题，算是"投之以桃，报之以李"。

到不同的社区有不同的方式，还可以看到不同的景象。中国的社区，自有相通之处，也各自有不同的特点。社区的人们生活其间，也有着不同的姿态。这里，随意举几个例证。

比如，寻找地处南岸的一个老社区，最好自己开车，因为公交不能直达，下车还得弯弯绕绕走很远。瞧，从渝中区跨桥过来本该右拐，可因为修路，所以还需再兜一个大圈。我在车里斜着目光，正好用 20 分钟的时间浏览了弹子石一带老厂痕迹浓重的街景。街上最多的是修建于 20 世纪 80 年代初的老厂宿舍，灰色斑驳的外墙缝隙生长着卷卷曲曲的鱼腥草，挂在墙面的苔藓在夏季的酷热中已经失去了生命力，焦黄而摇摇欲坠，到凉爽的深秋还没有恢复的迹象。铺满灰尘的条石窗台上，昙花、芦荟等植物依然精神，虽然它们在最热的七八月，也无缘享受紧闭的玻璃窗背后老式冷风机制造的凉爽。最后，才能抵达被老街包围着的那栋灰色的旧楼——位于南岸区弹子石的某社区居委会。这明显是遗留下来的一栋老厂宿舍，一楼是火锅店面，破旧且局促。店是社区里原先的下岗工人开的，店面招牌模糊不清，隐约可见写的是"南山老火锅"，估计能留住一部分原本计划直接"杀"到南山吃火锅的人，因为上山还有将近 10 公里，很容易堵车，交通到底不便。有着老厂背景的老旧社区，开火锅店是很多下岗职工的选择，就像杨春敏在成为社区工作者之前，就曾在石井坡街道与朋友开过一家火锅店，生意很好，甚至每天傍晚都需要摆长条凳子"等座"。

在这个招牌模糊不清的老厂火锅店里，我斜坐在条凳上，一边避免身子正对天花板上嘎嘎作响的吊扇，一边尽量抬脚，不碰到桌下觅食的两条流浪狗。新鲜的鸭肠、耗儿鱼、黄喉、麻辣牛肉片——被端上来，铁锅烧开，冒出醇厚的牛油香气。我酒精过敏，只好专心吃菜，任由朋友们端着啤酒杯畅饮海聊。

夜幕降临，能听见旁边五金店卷帘门落下的重重声响，伴随着这个声响而来的，还有楼上居委会最后一个人离开时的关门声，啪，很清脆。一分钟过后，那个 20 来岁的年轻女子就出现在火锅店的堂子里。

"大姐，注意到店里头这些液化罐，还有，上次居民反映你们排气管道不得行，上面四楼都闻得到你店里头的气味儿。记得要找人检修，我这里有师傅电话。"

"要得，要得，明天我就弄哈。"

数十年前，重庆人把到渝中区称之为"进城"。如今交通便利，"渝中"依然是人们口中的"母城"。走在密布着老牌学校和市级机关事业单位的人和街社区——民国初年此地设有孤儿院，取名孤儿院街，1927年以"天时不如地利，地利不如人和"之意取此名，可能会见到穿梭在渝中母城街巷的"小巷管家"陆远秀，或者，在与街边水果店里手不停削菠萝的大姐闲聊时，听见这位老百姓口中"小巷管家"的故事。2002年，陆远秀来到人和街社区居委会，这个先前已经有将近10年工作经历的社区工作者虽然做足了心理建设，可还是被眼前的情形惊住了：居委会设在一个30多平米的地下室里，就着阴暗的光线，可以得见跟前几张从教室拿过来的旧桌椅，白纸黑字，办公经费只有51元。她满面愁云，此时有老同志拍了拍她的肩：别怕，没钱，可咱们有的是资源呀！有了资源咱们肯定可以给居民做事呀！陆远秀瞬间领悟，对呀，社区有人和街小学等社会单位83个，其中就有重庆市国土管理局、重庆市设计院、重庆市市政设施管理局、重庆市残疾人联合会、重庆市台办等10余个市级单位。只要肯去跑，根本不可能被难倒。先是敲开市民政局的大门，"咦，社区直接找我们呀？"人家一脸惊讶。"哦，我们代表辖区来走访大家……"陆远秀态度很诚恳。人家告诉陆远秀，咱单位在社区居住的多，随口点出两三个。从人和街62号开始，陆远秀逐个走访，向大家征求意见，努力改善社区人居环境。"嗯，人和街社区不错，我们应该支持辖区建设。"市民政局最先向陆远秀伸出援手。在辖区另一个市局机关，别人告诉前来走访的路远秀："我们单位被盗了，你们管得了吗？门口那条路卫生、管理都很差，你们能弄好吗？这两个问题解决了你再来找我。"3个月后，解决掉两个问题的陆远秀再次来到那个市局机关，人家这次满面笑容，握手，是第一个动作。成日奔走在母城起伏街巷的陆远秀，在全市率先成立了"人和街社区协调理事会"，广泛吸纳辖区社会单位参与社区建设。

行走在大渡口的老街旧巷，则会有几分寂寥。大渡口，这个重庆最小的主城区被称为"钢城"，大名鼎鼎的重庆钢铁集团及其数万职工曾在这里工作、生活，或者说重庆钢铁集团造就了如今的大渡口，才比较准确，就像以前有人开玩笑："走在大渡口的街上，一旁的行人十有八九都是你的同事。"具体到我采访过的一位熟人，除了他聋哑的父母是福利厂出来的，他的爷爷、奶奶、外公、外婆都是重钢的工人。重钢环保搬迁始于2007年，完成于2011年。这是继首钢之后，中国钢铁行业实施环保搬迁的第二家大型企业，被列为重庆市工业投资"一号工程"。除了为环境改善带来利好，重钢搬迁或可利于三峡库区产业空心化和移民就业问题的解决。

现在的重钢，早已结束在大渡口的使命，整体迁往长寿。而留下来的厂区在拆除后，重新耸立起一座座摩天大楼，以另一番面貌呈现在世人面前。从重庆钢铁集团搬离大渡口区开始，这个重庆最小的主城区节奏逐渐慢了下来，甚至大街上都很少看到行人，即使有，也多是头发花白的老人——重钢整体搬迁，只留下了充满古早气息的家属区和退休职工。老人们有的在上午九十点钟提几棵青菜匆匆回家，有的在午后抱着小孙子出街，追逐山城难得的阳光。

在大学城，建设有大量的"农转非"安置房和新兴商品房，数种不同类型的社区并存。大学城很大很空旷，是重庆西部新城的中心区，距市中心约15公里，规划和建设面积33平方公里。在大学城，如今还处处可以见到乡村向新城蜕变的痕迹。即使现在漫山遍野地修房子，依然留有大片长着半人高的杂草的"已征未用"荒地。大学城很平，这里几乎没有山城常见的四处高低起伏，这样的地理条件在重庆来说，非常难得。

如果坐公交车或自己开车到大学城，在早晚高峰的特殊时段会感觉交通不太顺畅。大学城片区的许多居民在江北、渝北上班，单位5点下班，交通车6点多能到北环算正常，也曾经有过2.5个小时到北环的经历。后来因为限制货车，内环堵车的情况缓解了很多，随着双碑大桥通车，形势则越来越乐观。因为大学城少有出租车，除了公交车，轨道交通是大学城进出最快捷和舒适的交通方式——但仅限于到沙区，如果你住外区，从沙区转车可能并不方便，轨道"沙坪坝"站人流如潮。也因为如此，如果你没有车，晚上想去医院或有点急事的话，是一件麻烦事——上面说了，大学城很大，走路是不现实的，比如，你从"重医"走到"重大"门口，基本得1个小时。

大学城商业人气最旺的地方是熙街。商业主要是服装和餐饮，既能满足学生的需求，也能满足一般的上班族。安置房的住户是除了大学生之外，人气最高的由来。大学城因为征地，修了很多安置房，陈家桥街道这边最多，另外一片则在"曾家"。

因为安置房价格低廉，有一段时间，社区里涌来很多看房者和买房者，也由此出现了很多买卖纠纷。

在大学城，还有的社区，是由一大片"高尚小区"的ABCD期直接构成。在大学城医院附近，我要探访的社区居委会就坐落在小区原先的售房部里，内部装修洋气，四周花园环绕，一眼看上去就很高级。接地气的社区工作者，与这里的环境氛围一对比，反而颇有落差。

大规模的公租房则在井口等地。像"美丽阳光家园"这样的公租房社区，由重庆市公共租赁房管理局和街道共同管理。公租房照顾的是这样一类住房困难户：人均居住面积低于13平米，在主城区没有住房，却有较稳定的收入来源。公租房大致有四种户型：单间配套，30多平米；一室一厅，40多平米；两室一厅，50多平米；三室一厅，60多平米。里面设施完备，只需拎包入住。房租按照每平米10元收取，物管费则是每平米1.03元。显然，公租房为众多农村赴城市务工者和刚进入社会的大学生提供了生活便利。

这是农村务工者的"被迫分居"。他们，往往是夫妻二人一起进城，两人各自做着不同的工，比如，丈夫做装修，妻子做钟点工。在主城，普通房屋租金动辄上千，是一笔很大的开支，对于挣辛苦钱的人来说，绝对舍不得。于是，丈夫跟工友们一起住在包工头租的"集体宿舍"里，不到10平米的屋子，一个"大通铺"，晚上睡将近20个人。妻子与其他几个做钟点工的女人一起租房，两人一间，租住在一个没有窗户的"小黑屋"里——因为那是两室一厅房子里的一间次卧分隔成的单间，有窗户的单间租金更高。丈夫和妻子每隔半个月才能见一次面,想要有肌肤之亲,只能掏30元钱到某个小旅馆的钟点房;或者,像做贼一样,趁着工友们恰巧不在,抓紧时间亲热一把。还有留在农村的孩子和老人,多想一家团聚啊!

这是刚刚毕业的大学生的遭遇。拖着沉甸甸的行李箱,来到这个陌生的大城市,期待一份高薪的工作,期待不久的将来能在这里有一个属于自己的小家。公司没有提供宿舍,只能租房。一个30平米左右的房,租金700元一月,加上物管、水电气等,一个月光花在房子上的费用就是1000多元,而公司给付的工资除去"五险一金"仅有微薄的2500元。这笔租金对于一个刚刚毕业的学生来说,简直就是一项巨大支出。于是,这个年轻人成了典型的"月光族"。后来,为了节省开支,接二连三地换房,或者选择与朋友合租,但中间总夹杂着无数麻烦。

这是城市打拼者的忧愁。在奋斗的城市里,几年间已经搬过无数次家,差不多每年都要搬一次,换工作搬,房东突然收房搬,和不熟悉的室友相处不太融洽也要搬,每搬一次都好像要累死一遍。暂时的钥匙,暂时的门,随时都有各种各样的原因把你从门里扯出来,让你措手不及,毫无防备地站在风雨里,就像无根的浮萍,拖着沉重的尾巴无处可依。那时租过的每一个地方,都仿佛只能称之为住处,而不是家。

2016年下半年,公租房的详细公告公布,关于公租房的好处,通过媒体的宣传,也广而告之。于是这群人抓住机会,果断提交相关资料开始申请公租房。大约两个月时间,许多幸运者摇到了号。办理接房手续,一天时间就搞定。

这是重庆市公共租赁房管理局编撰的《公租房故事》的序

言——

温馨的小屋，玻璃瓶里的鲜花，还有老公手捧着的精致小盒子里的钥匙。

"老婆，生日快乐！"

"一直没告诉你，就是想把我们的家都布置好了，给你个惊喜。"

不再羡慕下工后匆忙回家的工友，不再渴望歇工时和丈夫的匆匆会面，不再和丈夫分居在工厂的集体宿舍，暮钟声悠，终有所归。

公租房，是丈夫对妻子的承诺。

被暖阳镀上一层柔光的书脊，释出淡淡洗衣粉清香的床单，还有飘着袅袅青烟的花茶。

"欢迎光临 my home。"

"这个衣柜是我自己拼的，这个窗帘是我自己设计的，这块儿我特意留出来放我做的小玩偶……"

不再悲叹辗转离散的困顿，不再哀吟寄人篱下的无奈，不再惶恐前行路上的迷茫。

公租房，是追梦人给自己的拥抱。

微信里越来越多的住户好友，走在小区里迎来的一张张熟悉的笑脸，还有深夜里不时响起的电话铃声。

"杨婆婆，你别着急，我马上过来！"

"您以后洗碗一定要多多注意，那些大骨头啊什么的别再弄进管道里,要不又要被堵住。"

不再烦恼陌邻相见不相识的尴尬,不再懊恼没带钥匙的窘境,不再担忧邻里陷入孤立无援的焦灼,温情流淌,心有依归。

公租房,是公租房人于初心的坚守。

第二章

那些"婆婆妈妈"

公租房的"美丽阳光"

2016年，美丽阳光家园社区成立。这是全市特大型公租房小区，居住人口近5万人。1963年出生的精壮汉子李利云是社区党委副书记、居委会主任。因为公租房社区的特殊性，社区党委书记由街道党工委领导兼任。

社区成立了，摇到号的幸运者也带着家人一一入住，成为小区住户。人们从四面八方来，新兴社区面临的一些问题和难题亦渐渐清晰呈现。

公租房小区楼栋密集，人口众多，平时的一点点小事都可能扩成大事。比如养狗，城市小区养狗的现象很普遍，夜里狗叫也时有听闻。可是在公租房小区，半夜一条狗叫，寂静里声音格外响亮。犬类耳朵很灵，紧紧挨着的楼栋里，它的同伴也被唤醒了，于是狗叫声此起彼伏没有停歇。似乎，天天晚上都有某条狗带头，紧接着群狗齐吠。居民们愤而投诉，社区工作者夜行访查，可是30多栋楼，上万户居民，循着狗叫声去找某条狗，仿若大海捞针。

公租房里火警多。住户在屋里拿砂锅炖汤，想到反正要炖一下午，就调个不大费燃气的小火，慢慢煨。然后转身出门逛街或者打牌，玩得高兴，就把火上炖着汤这码事忘得干干净净。

"已经发生过好几起这种屋里着火的事情。"李利云说。

也有老爷子坐在沙发上抽烟，也不拘什么烟灰缸，顺手弹出的烟灰直接把布艺沙发点燃。

在李利云看来，不少来自农村的公租房住户把乡间的一些习惯带进城里，因为这些火警都直接或间接地与乡村旧习相关。平日里，李利云和社区同事会有意无意地纠正这些习惯。

看见有人边走边随手扔出一块果皮，李利云就上去指正他，那人会说："这算啥啊，这可比咱们乡下好多了，你看看乡下什么样子？""可是你现在是在城市啊，城市有城市的规范和标准，对不对？"那人悻悻离开，嘴里小声嘀咕着。

几个老爷子围在花坛边上抽烟打纸牌，只一会儿工夫，地上便落下十来个烟头。待上去说他们，他们就你一嘴我一嘴地回击。社区的人倒是不急不恼，硬是站在那里把道理说个通透。虽然老年人固执，不会当场认错，但下次他们多少还是有点顾忌。

人上一百，形形色色。公租房的居民之间，也常有矛盾冲突。说起来都是邻里间那些鸡毛蒜皮的小事，比如谁家的空调水滴到别人阳台晾的衣服上啦，比如谁家没洗干净的拖把直接伸出窗台滴脏水啦，比如几支坝坝舞队争地盘啦……可这些鸡毛蒜皮却时不时引发打架斗殴。据说，井口派出所有40%的出警率都集中在公租房社区。于是，收集民情、调解纠纷、传播正能量的"阳光小喇叭"上线了，"缘系公租房，此心安处是吾乡"。

还有家庭矛盾的调解，"每个月至少一两件，全年下来几十件"。

一对老两口，老爷子70多岁，是一个退休职工，每个月有3000多元退休金，老婆婆每个月只有600多元城乡居民养老金。长期以来，因为老爷子花钱不知轻重，也不善于过日子，所以两人的存款都由老婆婆来保管，这样一来，老爷子平日身上只有一点零钱。年轻时还好，老爷子能体谅老伴儿管家理事的辛劳；等到"老还小"，看看周围那些有自己私房钱的老伙伴，抽烟喝小酒，老爷子就觉得老伴儿亏待了他，于是在家里制造各种矛盾，三天一大吵两天一小吵，逼迫老婆婆把他的退休金全数还给他。钱到手不久，老爷子就把它们花得精光，弄得老婆婆到社区来哭诉，说是日子没法过了。知道了事情的来龙去脉，李利云先是把那老爷子批评了一顿，又叫来他们的儿子做个见证，重新让老婆婆掌握家里的财政大权。

社区里也有一些由意外产生的麻烦事。有一次，社区里一个重度抑郁症患者跳楼身亡，公安局为了保留现场痕迹以备侦查，就在一楼事发地圈了一块，血迹都在原地。不巧，那一处现场痕迹刚好在一楼一位住户的窗下。这位住户是个年轻女人，还带着个小孩子。因为害怕，母子俩连家都不敢回。由热心居民组成的"阳光小喇叭"又上线了，他们把这对母子送回家，替她把窗帘拉好，又专门留下一个人安慰她。

公租房居住的数万居民也吸引来了游摊商贩。先是来自附近的一两个，后来从北碚、渝北陆陆续续来了很多。很短的时间内，一群游摊商贩便吃到了这一大片公租房的"人口红利"，有人推着车子卖烧烤，一晚上就能挣几千块。于是，从四面八方来的更多的游摊聚集到了美丽阳光家园附近，有人甚至从更远的区县开小货车赶来。2018年，这些游摊在小区门口形成了长达200多米的"长龙"，卖水果、卖烧烤、卖小吃、卖小玩意儿，五花八门，烟雾缭绕，高音喇叭放出的吆喝声此起彼伏。恰逢小区里出了火警，游摊堵塞到连消防车都开不进去。

"这样大规模的游摊是利益驱使，任你怎么赶赶不走。城管来了，他们望风而逃，清净一晚上。第二天傍晚，他们又出现了。平心而论，游摊是底层老百姓谋生的必要手段，也让公租房收入不高的打工者享受到便利，总体看是有益的，但必须规范，不能扰民，不能严重破坏市容市貌，更不能出现安全隐患。"最后，还是"群众战"发挥了作用，社区动员老少居民组成"文明劝导小组"，每晚由这些群众去动员这些游摊规范经营，后来慢慢见效了。

"李主任，我们的公交站建设得怎样了啊？""李主任，啥时候通车呢？"很长一段时间，李利云走在社区，总能听到居民打听公交车站的消息。

美丽阳光家园附近有美丽阳光公交车站、果园社区公交车站，距离一期和二期住房较近，但距离三期住房，分别有1.5公里和1.1公里，步行最少要15分钟。而这15分钟，却是关乎三期5000多户、10000多位居民每天出行的15分钟。上班族、学生娃出门赶时间，很不便利；老年人想出去逛逛公园，一想到要走这么远才能坐公交车，直接打了退堂鼓。

按理，由于人口多，流动性大，居民诉求自然也多、杂。饭要一口口吃，事儿要一件件做。但眼下，美丽阳光家园三期出行不便的问题，成为居民的"头等大事"。

"其实，公交车站的问题我们早就做过规划，原本计划的是在三期附近做一个公交车站，但人家上门来一看，说那块地太小，车子连身都转不过去。只好作罢。"李利云说。

增修公交车站的意见不断通过"阳光小喇叭"、党员、网格员、居民代表传到党建联席会上。

经过第三季度区域化党建联席会向沙坪坝区相关部门反映实际情况，协调相关工作，2019年11月，重庆西部公交公司双碑分公司已经在三期增设了公交站点并作为237路公交车始发站。该公交车站距离三期住房大门不到100米，真正实现了社区居民"3分钟赶公交"的心愿。

2019年年底，公交站台已经建好，正在完善水电等相关设施，预计2020年春节前就可以开通并发车。这桩居民心中的"头等大事"，终于尘埃落定。

这里有一个关键词：党建联席会。

原来，党建联席会是美丽阳光家园社区对公租房管理和社区治理的一项积极探索。社区发动辖区医院、学校、派出所、消防支队、小康集团、洪泉物业等21家企事业单位参与社区治理工作，搭建区域化党建联席会平台。通过民情恳谈会、"阳光小喇叭"等收集居民意见，在建立需求清单的同时，梳理联席会成员的资源清单，通过需求与资源的匹配程度，建立项目清单，指定相关单位落实项目，解决居民大小事。

党建联席会成立以来，已召开会议12次，合力解决停车、治安、环境、交通等热点、难点问题40余件。

晏妮的调解故事

与面貌略带些威势、总是微微皱着眉的李利云不同，行走在杨公桥老街旧巷里的晏妮看上去慈眉善目，嘴角总是挂着一丝笑。在社区里，如果说人们遇着事需要开口请人帮忙，那晏妮可能是他们首先想到的可以呼唤的大姐。

48岁的晏妮有些微微发福，她额前留着一溜齐刘海，头发梳到脑后，若是大清早就开忙，头发就直接扎成马尾，简洁明快；若早上还有些空闲时间，就可以细细盘个发髻，看上去更精致。每个社区工作者都有自己的长项，有的精于上下协调，为社区拿到更多资源；有的善于搞合作，来自周边企业、商场、银行的特惠活动让居民们觉得很安逸；有的会写材料做宣传，笔下生花，社区故事随便在网上一搜，就是一大箩筐；还有的年轻人前几年考取了心理咨询师资格证，专门坐在办公室里替居民解开心结……但总归一点，在社区这样与居民天天打交道的地方，调解工作是最基本的——有人的地方就有故事，就有各种悲欢离合，离不开的是柴米油盐酱醋茶。社区居委会必须花费很大一部分精力去帮助居民解决矛盾和纠纷，"婆婆妈妈"必不可少，也有因此百战成名的，比如江北区的"老马"和他的工作室。晏妮的长处也是做"居民调解"，虽然没有专门的工作室，但凭着多年的实绩，如今也算得上渝碚路街道乃至沙坪坝区的一块实实在在的"牌子"。

说实话，我最早听见晏妮和"牌子"这个词联系到一起，心里还是有几分怀疑，直到我见到她，与她交谈，见识了一些我以前未曾见识的事物。

2019年底，与晏妮一起走过喧闹的地下商场，她突然指着一个看上去60来岁的保安对我说起了话。那个保安人很精瘦，穿着一套规整的制服，背着手，正仔细看着来往的行人。

晏妮说："那个人是我介绍他到这里工作的，好几年了。瞧，看起好周正，当初他可不是这个样子的。"当年，这个因为车祸失去独生女儿的父亲，是一个刑满释放人员。起初，他认定从监狱出来"一生黑"，且周身上下一无所长，于是一心一意想办法要吃低保。"成天穿着满是油渍、污垢的衣裳，白了的头发长到肩膀，很邋遢。"晏妮替这个灰了心的人联系地下商场保安的工作，又亲自带着他剪头发、修边幅。

"要说给人换个形象或者找个事做，的确烦琐，但这些还都是表面的工作，更难的在心里面——你要让他真心认同你的建议，愿意修正自己的想法。"晏妮说。

从 2005 年到社区工作以来，晏妮接触了形形色色的人，刚开始总是先入为主地代入个人好恶，这样一来，好多"东家长西家短"的事情都摆不平。比如，一个阿姨在社区里是有名的"浑人"，她上门来一通叨叨，说她被人欺负了，你拿"先入为主"的观念去衡量，觉得她肯定强词夺理、恶人先告状，于是打断这个阿姨的话头，插进去一顿说服教育，可没有一点用，阿姨哭叫得更凶。事后去了解调查，发现这个"浑人"这次真的有些冤枉，确实是楼上那户人把洗衣机的出水管接到了空调管道里，一洗衣服，洗衣粉泡泡就直往别人屋里跑。时间一长，晏妮开始让自己站在公允的立场，无论是谁，先让他把话说完，然后自己站在对方的角度，再循着是非、公道、人情来讨论应该怎么办。是的，是非、公道、人情，这是基本秩序。但这里又有一个例外，遇到家庭内部矛盾的时候，人情必须放在第一位，因为"家，不是讲理的地方"。渐渐地，晏妮形成了"倾听、共情、聚焦、共识、言和"这样的"十字调解法"。

第二章 那些"婆婆妈妈"

"别看都是鸡毛蒜皮的事情,牵扯的东西很多,老百姓的生活就是由这些鸡毛蒜皮组成的。俗话说,家家有本难念的经,那经是什么?扯开来,里头好多都是情非得已。"这是晏妮的理解。所以,做好居民调解工作就不能怕麻烦。是呀,怕麻烦就不要做人;做人呢,就不能怕麻烦。你不怕麻烦给他们解决问题的样子,居民能够看得到,你也才能真正收获他们的信任。

鄢婆婆80多岁了,这些年,这位孤独老人一直处在社区的精心照料下。对这位老人来说,晏妮是亲人更是知心人。

晏妮是在2010年关注到鄢婆婆的。这个温和柔软的70多岁老人,当年居然成为灯泡厂旧宿舍拆迁中唯一坚持"原地不动"的"钉子户"。按说,修建于20世纪80年代的旧宿舍条件很差,厕所狭小,管道漏水,电线也时常短路,居民们盼着搬到一个生活条件更好的地方,所以,说起拆迁,大家动得很快,唯独这个鄢婆婆成了例外。惊讶之余,晏妮设法打听到这位退休的灯泡厂职工背后的故事——这位婆婆有两个女儿,大女儿长期在精神病院治疗,二女儿身心状况很不好又住在别处,儿子又多年失去联系,现在,老人家和患有先天性心脏病的外孙住在一起,婆孙俩靠着一点微薄的养老金度日。

"当时就觉得这个老婆婆很不幸,仿佛世上不好的事情都堆积到了她身上。"晏妮说。

之后恰逢年关,鄢婆婆属于社保局要慰问的困难居民,晏妮便自告奋勇提着两袋米和两桶油送到她家,想着正好去探访这位"钉子户"的实际生活状况。

拆迁前期工作临近结束，晏妮便很少往灯泡厂旧宿舍走动了。一路所见，都是泥土、沙尘、破砖、烂瓦。唯一稀罕的是，在鄢婆婆住的那栋旧楼下居然自发形成了一个小型的菜市场，卖菜、杀鸡、宰鱼的都有，按说这里并不属于人流密集的地方。紧挨着旧楼外墙的，居然是一个杀鸡鸭、烫猪蹄的肉摊，散发着恶臭的热气直通通地抵达楼上洞开的窗户——是的，这栋楼的窗户都向着这个"菜市场"，每个屋子都只有一扇窗户，对其中的住户来说，一直关窗也不现实；再说，凭一个老年人，也驱散不了这个自发聚集的市场。所以，对这股恶臭，只能忍。晏妮没有给我讲她第一次看见此情此景的感受，但我从她的神情和带着几分愤懑的语气中，完全能够感知。

老人接到晏妮亲手送来的一堆东西，很是感激。一边连声谢谢提着重物爬了几层楼还在气喘的社区工作者，一边在屋里四处翻找，最后找出一瓶矿泉水硬塞给晏妮。一个很客气的老婆婆，这是晏妮近距离接触鄢婆婆留下的现场印象。因为楼下环境不好，怕婆婆下楼有闪失，后面晏妮又接连上门给老人家送了几次生活用品。在越来越多的交往中，鄢婆婆对晏妮有了一个认识：这女娃儿是好人，渐渐地，老人家愿意跟晏妮说点真话了。

"妹儿，给你说句心里话，我不是不想搬走，是没有这个能力安新家呀！"鄢婆婆反复跟晏妮这样讲，可又没说出什么实质内容。晏妮想要往下问，婆婆又怎么都不肯再说下去。

又过了一段日子，鄢婆婆总是在晚上9点过快10点的时候给晏妮打电话，每次晏妮接起来，鄢婆婆总是语焉不详地说几句就匆匆挂断。越是这样，晏妮越是疑惑和担心：毕竟老人不会无缘无故深夜打电话过来，鄢婆婆的外孙在大学城打工，老人一个人独居。您身体不舒服吗？您需要帮忙吗？您遇到什么事了吗？晏妮委婉地探问，鄢婆婆却一一否认。一连好几天，都是这样。

"我再也坐不住了，有一天晚上，我决定主动上门去找她谈谈。"因为儿子还小，家里没有其他大人，晏妮就带着儿子一起过去。

于是，借着昏黄的路灯，晏妮看见了这样一幕：鄢婆婆站在垃圾遍布的楼下，脱掉了自己的裤子。惊愕之余，看看脸红的儿子，晏妮慌忙地赶上去，要婆婆赶紧把裤子穿好，毕竟这是公开场合，何况还有小孩子，看见不好。

晏妮扶着鄢婆婆上楼。老人突然号啕大哭。

"她说自己尿失禁了。"

鄢婆婆告诉晏妮，自己身体一直不好，加上如今周围环境很差，感觉自己就快要死了。但是，那些该感谢的人她都记得。就在上午，她从附近超市买了三口"一般的锅"，准备分送给关照过她的几个热心邻居。她没钱买好锅，只能仅此表达心意。说罢，老人又颤巍巍地把手伸进内衣，从自己缝的内衣口袋里吃力地掏出400元钱，再拉起晏妮的手，硬要把这些钱塞给她。

"那是社保局发给困难群众的400元补贴，对婆婆来说，就是一个月的生活费，可她硬要拿给我，说是我每天都忙得脚不沾地，饭也吃不好，给这几百块钱，是让我添置一口高压锅，煮饭快。"

晏妮没有接鄢婆婆的钱，却认真地听了老人家的讲述。那一晚，老人流着眼泪，对晏妮掏了心窝子。讲了自己因为遭遇强暴而被迫顺从的不幸婚姻，讲了自己大半生的凄苦无依，最后，讲到自己最大的心愿——哪怕是死，也想住进新房子。鄢婆婆并不是所谓的"钉子户"，她有她的苦衷和艰难。原来，婆婆的大女儿一家之前遭遇拆迁，安置时选了拆迁办推荐的房子，结果搬过去没多久便遭遇再次拆迁。婆婆心疼自己身患精神疾病的大女儿，在这一番折腾当中，婆婆已经耗尽了所有积蓄。现在，婆婆面对自己旧房的拆迁，进退两难：如果按照货币安置，拿到手的钱可能在市区压根买不到房子；现房安置吧，担心出现变数不说，还不能在没有电梯的情况下住高楼层，毕竟她的岁数越来越大，而且她没有钱装修。了解了鄢婆婆的心事，晏妮立时下了决心，她郑重地告诉鄢婆婆："我一定想方设法替您老人家完成心愿。"

晏妮至今还记得，那晚她离开之后，已经走了老远，婆婆还站在那栋旧楼的楼脚一直目送着，甚至动都没有动一下。凭想象，她也能想象出，婆婆因为历经苦难而干涸的双眼，因为一个社区工作者的许诺，而重新燃起希望的泪光。

抱着这样一个决心，在社区的支持下，晏妮开始替鄢婆婆东奔西走跑路协调，联系好了楼层合适的安置现房，又以社区名义找拆迁办借了3万块钱，像个女儿一般精细地替婆婆装修新房。一切妥当，又替婆婆选了乔迁吉日——2014年12月26日，约定在那一天，社区工作者们一起赶来祝贺婆婆。可就在乔迁的前一晚，想要一身干干净净住进新居的老人在浴室洗澡时，一跤摔下去，昏迷不醒，直到打工的外孙凌晨归来才发现。至此，鄢婆婆缠绵病榻。

"搬到新家后，鄢婆婆生活不能自理，全靠咱们社区的照料。屋漏偏逢连夜雨，没两年，婆婆患有先天性心脏病的外孙去世了，身后还欠着当年读书的助学贷款 6000 元，这笔钱，也是社区帮忙还的。但这些，都是我们应该做的。他们是我们的街坊邻居，他们的喜怒哀乐，深深牵动着我们的心。"

历数社区故事，晏妮仿佛在说自家的事情。

"鸡毛蒜皮"见人情

年关将至，山洞社区书记谭玉合开始了紧锣密鼓的走访。

重庆人喜欢称呼山洞一带为"林园"。"林园"在解放前赫赫有名，是旧日的"小陪都"，有林森公馆、范绍增公馆、陈诚公馆、陆海军部、重庆市政府驻郊区办事处等历史遗迹，现如今，这片隐在山地起伏间的机关要地已经"老"了。这些年，社区一直在做修修补补的杂事——为市政管理范围之外的背街小巷安装路灯、整修人行道、砍伐危树、清理河道，也与街道一起，把莲家池塘抽干填平，修建了整个辖区唯一的居民休闲健身广场。

山洞社区原先就只有一些集体和私营的中小企业以及一些个体户，前几年或破产或不景气，总体情况不乐观。经济不好，再由各种内外因素推动着，社区离婚率居高不下——生活困难，一方疲于奔命，脾气暴躁；一方受不了，干脆一走了之。在社区，有中年丧子的孤寡者，也有年轻人在外打工留下的许多"空巢老人"，还有特殊原因造就的困难户。

吴叔的问题不久前刚刚解决。65岁的社区居民吴叔是个残疾人，多年前因单位效益不好早早病退，与爱人离了婚；不成器的儿子吸毒，把一个家全败光了。这个破败家庭的点滴都让谭玉合感到无比苦涩：老式的砖房没有厨房没有厕所，做饭在梯角的"偏偏"里，街面上的灰尘臭气随时能够溜进沸腾的油锅里，上厕所必须去背街的公厕。安了路灯的话平时还好，遇上拉肚子或者大冬天，对残疾人或是上了年纪的老年人来说就有些风险，残疾人会摔跤，老人可能在公厕里突发疾病，况且夜里一时半会儿还没人能发现。屋子里的电线乱七八糟，像混乱不堪的蜘蛛网，易燃易爆的危险随时随地，如果发生事故，不仅对家庭来说是毁灭性打击，还可能殃及一条街。站在这座老屋灰暗的客厅里——如果那算得上客厅的话，看不见生活的半点光亮，即使有过，也被种种变故掐灭了。

　　吴叔的情况不是个例，像这样能挂得上号的困难家庭，在社区就有22户。他们都住在类似吴叔家这般老旧的城镇私房里。

　　如果能做的有限，那就从最基本的做起。社区千辛万苦申请了3万多块钱，先请电工对这些困难家庭的线路进行安全改造，紧接着又通过四处"化缘"得到了一笔钱，帮助吴叔这样的残疾人家庭搭建厨房和卫生间。在厨房里装了抽油烟机和热水器，又在厕所里贴心地装了坐便器和"浴霸"，解决了吴叔的如厕和洗澡问题。吴叔屋里的楼梯把手经年累月，锈得摇摇欲坠，社区争取街道支持，更换安装了不锈钢护栏。

　　这头的事情解决了，那头的情况还必须盯着。山洞社区里有这样一家三口：父亲母亲都70多岁，女儿50多岁。女儿是精神病患者，父亲是个药罐子，这两年疾病发展到需要随时吸氧的程度。年迈的母亲要看顾家里两个病人，每每力所不能及，三个人微薄的退休金远远不够请保姆或者钟点工。生活重压之下，这位可怜的老母亲多次试图自杀，所幸都被发现，未酿成悲剧。社区知晓这些情况之后，先是上门安抚，接着安排志愿者定点去这家帮忙——平日里嘘寒问暖，替病人买药送医。几天前，这家的母亲胃病发作住进医院，家里剩下失能的父女俩，社区这些天一直照料着。忙完手头的事，谭玉合还要再去看看这一家子才放心。要过年了，不知他们还要添置点什么东西。

麻烦吗？这些事好麻烦，好琐碎！

麻烦归麻烦，可是人心是肉长的，处久了，就有了感情，觉得就像照顾自己家里的老人一样。

现下，山洞社区孤寡老人很多，其中有 9 个都是社区在代为照顾。谭玉合就曾亲自送走过 5 位老人，他们的丧葬都由社区工作者们一手操持。在中国社会，进养老院仍然是许多孤寡老人最不愿意的选项。"我还没有绝后，我儿女在外面。""死在屋里也好过死在外面"……大多数时候，谭玉合的一举一动，像极了一个孝顺的儿子，时间一长，那些孤寡老人就真的把他当儿子看待。

有一位在外人眼里算是疯傻了一辈子的孤寡老人，临终前的很长一段时间，除了谭玉合亲自送来的饭菜，其他人送的任何东西，他一口也不吃。老人总是担心别人害他，唯有面对谭玉合，他才能放下所有戒心。而在谭玉合看来，这位老人的故事令人唏嘘。老人是 20 世纪 60 年代的大学生，年轻时要强又倔强，在石灰厂工作期间与领导发生了激烈冲突，情急之下抄起榔头砸向自己的头部,天灵盖碎了,虽然捡回一条命,从此却变得不大正常。老人平时看似不晓事,可还记得问头上冒汗的谭玉合"累不累",知冷知热的。

"必须承认,扶助困难居民、照顾孤老这块,牵扯了社区很大精力,但老街坊的人情味恰恰也就在这里。"谭玉合说。

自由村社区的王登利曾对我讲过,在一个大厂子里共处了十几二十年,周围的居民,就算叫不出名字,但也毕竟是脸熟的。大家过去是同事,就算都出来了,也是亲密的街坊邻居。你有急事,哪怕大半夜也可以直接敲我家的门;我上班的路上,就能顺道去你家看看你有什么事情需要帮忙。

房子老旧,爆水管什么的时有发生,熟人们报修很少打电话,都是直接来敲王登利的家门:"姐儿,帮个忙喊人嘛,我屋里水管坏了要修,一家老小明早还要用水呢,好着急哟!""莫急莫急,我披件外套咱们就一起去找师傅,这个时候他可能还没回屋。"王登利明白,人家直接找上门,无非就是想快点解决麻烦。

也有特别要紧和棘手的事。

有天清早,王登利还在梳头,就听见有人急促地敲门,声响很大。一开门,一个居民就抽泣着进了屋,哭得气都接不上。王登利急忙问她怎么了,那个居民说,她妈妈昨天夜里在家里落气了,早上才发现,眼下需要开死亡证明才能接着办后事。王登利知道那个去世的老人,他们家就住在附近,老人身患绝症治疗无效,前些日子感觉时日无多,特意从医院回家,但没想到人走得这样突然。王登利一边宽慰那个悲伤的居民,一边掏出手机给"120"打电话。待王登利换好衣服和居民一起出门,附近嘉陵医院的"120"救护车已经赶到了。

还有一次,社区一个老婆婆也是在家里因病去世,家里人因为不懂规则程序,自己用车把老人遗体拉到了殡仪馆,结果别人怎么也不肯火化,说是没有死亡证明。接到求助电话的王登利赶到现场,再给"120"打电话却遭到了拒绝:"既然你们自己把人给送到殡仪馆了,我这边就不好再开死亡证明了,要不你们去找找警察?"老婆婆的家人急得直下跪,毕竟人死后也要求得个安生呀!王登利觉得事情发展到这里变得十分棘手,可是再棘手也得想办法解决问题呀。王登利立刻给辖区派出所打电话请求"出现场"。最终,派出所联系了刑侦民警和法医,通过一番鉴定,终于开出了"死亡证明"。

时时奔忙在社区现场的钱春燕,自然也有一箩筐经手过的"婆婆妈妈"。虽然,依照她泼辣爽快的性子,处理起事情来格外干脆利落。"好,大姐,10分钟后,坝子里等我,我跟你一起去!""来,咱们说说这条政策的好处,我可以给你讲三点,一是对你有利,二是对你的家庭有利,最后,对咱们整个社会建设有利。你自己先考虑。""婆婆,现在咱们先不争论,用事实说话,你明天下午再去那条街看看,肯定是有变化的……"

我喜欢在住家附近的"劲松卤"买一些卤味,奇怪于小店里那对操着区县口音的夫妻总是喜欢提起钱春燕,好几次听到妻子跟丈夫讲:"钱老师说国家专门针对我们这种做小买卖的制定了特别的社保扶助政策,啥时候咱们专门去问清楚……"

"不奇怪,他们肯定对我有点印象,或者说是信任。"钱春燕告诉我,这对区县夫妻在主城靠着手艺立住了脚,又攒了些钱，从一个退休教师手里买了一套集资房。可住下没几年，就遇上了天花板漏水，原来是楼上的水管破了。麻烦的是楼上那家人在国外，小区物管几番协调未果，钱春燕主动上阵担上这事，过程虽有些曲折，但最后圆满解决。

刘德军笔记

以下段落整理自刘德军工作之余记下的笔记——

今天下午是小毛第六次过来要"低保"了。他在新立社区挺有名，是"二进宫"出来的劳改犯，我衷心希望他生活从此安定下来，也可以减少社区的不稳定因素。可是，"吃低保"是有政策规定的呀，每条每款清清楚楚，也很苛刻。小毛从监狱出来，虽然没有工作没有收入又孤零零一个人，可他有自己的一套房子，光这一条就不符合规定呀！低保吃不了，他年纪轻轻的，找份工作才是"长久之计"，是呀，"授人以鱼"不如"授人以渔"……好！小毛的事情有眉目了，我得抓紧再跟那家公司谈谈，小毛是有能力胜任那份工作的，实在不行我来替他作担保……

——2012年9月，在新立

万万没想到，今年我刚被选举为新立社区居委会主任，就被居民给告到法院成了"被告"。事情的前因后果其实很明晰：

第二章 那些"婆婆妈妈"

一个母亲因为职务犯罪被判刑入狱，刚刚出生的小婴儿被保姆搁到法院门口……孩子虽然系非婚生子女，但其母拒绝透露孩子生父信息，这样，指定监护人这块就十分为难。后来几经曲折，查明孩子的姥姥就在我们社区，于是，我代表社区居委会依法指定姥姥为小孩的法定监护人。可是姥姥坚决抵制这个指定，并到法院起诉社区"指定不当"，请求法院指定其母作为法定监护人。姥姥的意图很明显，就是希望借此让自己深陷牢狱之灾的女儿获得"监外执行"的机会。可是情归情，法归法，法律不可能因为个人意愿而打折扣……不出意料，我有理有据地打赢了这场官司，可是姥姥还是不愿意接手这个可怜的小婴儿。好在社区里有个热心的大姐帮忙照顾孩子，亲亲抱抱就像对自家孙儿一样。我们社区干部也没闲着，给孩子申请了"困境儿童救助"，每月600元钱，虽然不多，也算尽了一份心意。人心好歹是肉长的，3个月后，姥姥接回了自己的亲外孙，看孩子被我们带得白白胖胖的，临走，还低着头说了声"谢谢"……我发现，作为社区干部，经常会面对各种法律问题，还要应付居民间的花式"扯皮"，应该好好学法，还要多多学习调解矛盾的技巧……

——2013年10月，在新立

我调到新鸣社区当主任了，绕了一大圈，还是回到了最初的愿景——嗨，我刚开始不是希望和罗强书记在一块战斗吗？时过境迁，现在大马路对面的凤天路社区是街道的"模板社区"，挨着森林公园，各种资源都是顶配。听说，我原本是要到那里去的，阴差阳错才回到新鸣。其实也没什么，不羡慕不嫉妒，自己一手一脚干出的成绩才更有自豪感！

——2015年4月，在新鸣

今天又在现场打桩子忙了一天，街边人行道老被机动车占道的问题差不多解决了。一个路人经过，好奇地打量了一下施工现场，看我戴个草帽，扶把铁锹，浑身晒得黝黑，就跟我说："师傅，这就对了，'创文创卫'还是要落到实处，给老百姓做点实事，毒日头底下干活，辛苦您啦！"

——2015年7月，在新鸣

这是我第二次辞职，第二次被拦下来……必须承认，我的脾气不算好。第一次辞职，是在新立社区做副书记的时候，有一天接到街道通知，说必须在中午12点之前报一份总结，居委会主任外出开会，于是我凭着对社区工作的认知，绞尽脑汁弄了一上午材料。11点半钟，主任回来了，我向他报告了这个紧急任务，并把刚写好的总结给他看。岂料，主任嘴角轻轻一扬：这有什么，要是我在，压根就可以不报！体制内的某种优越感，在这位有编制的居委会主任身上，展现得淋漓尽致。越看越不是滋味。"看来我确实没啥用。"我回了一句，并很快递上了辞职报告，但是最终被街道拦了下来。最近一次，为了应付"创卫"检查，隔壁社区将一块垃圾遍布的荒地"推出来"，在边上插块"新鸣社区"的假牌子。社区因此挨了批，但我不服气，据理力争，虽然生气的领导不愿听一点解释。我的原则是：如果责任真的在我，我不会推卸，但如果事出冤屈，我也绝对不能打掉牙齿和血吞，尤其事关一个社区的荣辱。第二次提出辞职，以此表达我的坚持……好在，事情终于调查清楚了，我才可以有底气继续干下去。

——2016年9月，在新鸣

　　这几天，我东奔西走，使劲儿游说那些在商业街餐馆里打工的大哥大姐办理医保。医保何其重要？一场大病就能让他们辛苦打工多年的积蓄化为泡影，还会因此欠一屁股债。过去他们总说医保费用高舍不得买，我这几天宣讲的是"40、50灵活就业补贴"政策，国家可以帮助他们这些"灵活就业"的中年打工者购买社保、医保，何乐而不为？上午，有几个人主动来询问这个政策了，也算我的宣讲有了初步效果。

——2018年11月，在新鸣

　　关于社区那个有名的"啃老族"，经过密切接触，发现真相跟传说差异很大。众所周知，那个"啃老族"40岁出头，一直没有工作，靠着父母养活。母亲去世早，父亲一人苦苦支撑，他也帮不了一点忙。父亲去世后，这人住在公房里，靠着老辈子留下的两万多块钱"遗产"，过着极其艰苦的生活。钱必须省着用，一天最多吃两顿；如果身体不舒服，就在药店买块把钱的便宜药来对付。他几乎不与外人打交道。知道这个"啃老族"的情况后，我的第一认知是给他做思想工作，然后再尽快给他找份工作。待我见到他时，方才大吃一惊，这个人戴着啤酒瓶底一般厚的眼镜——近两千度的近视，拿不动任何重物，柔弱得几近手无缚鸡之力。我带他去医院体检，结果查出多种严重疾病，事实证明他已基本丧失劳动能力，原来，"啃老"

是出于身体原因。这次,我主动要求此人"吃低保",帮着他出证明,亲自带着他去跑这件事,如今手续已经办好。为了确保他的安全,我还专门嘱咐了他的邻居照顾他。后面,我每过一段时间就会上门去家访。

——2019年2月,在新鸣

最近,几个小姑娘都跟我抱怨说报账太麻烦了。社区没有拨款,做任何事都要向街道打报告要钱,或者是先垫钱然后报账。这不,弄社区篮球场围栏花的钱,从社区到街道,上上下下签了六七个字、跑了五六遍都还没报下来,已经有两个月了。报账这件事这么烦琐,其实往好的方向看,属于街道在钱款上严格把关,可以看作对社区工作人员的一种保护。但话说回来,如果不是要钱报账,而是其他跟居民切身利益密切相关却需要上头统筹解决的事,为了防止"拖拉",有时候,我会主动请群众到街道去"告社区",当然,这是基层工作方法之一……

——2019年4月,在新鸣

周末,和家人一起逛华彩菜市场买菜,出于这些年养成的职业习惯,我见到市场外面推车子卖水果卖零碎的那些游摊,就立刻呵斥他们离开。其实,我也知道他们生活不易,只是白天市容市貌有要求,如果傍晚他们出来,我大概率也会装作没看见。

——2019年9月,在新鸣

未来我有两个大计划:其一,打造"书香社区"。这绝对不是空谈,之前我们已经针对老年人开设了整整 4 年的"科普大学",每周二下午开课,都是以"公益"的名义外请专家讲座,还建成了一座"职工书屋"。有了好的基础,未来一定可期。其二,我再干两年就准备彻底退休,到时就去周游全国,走遍山山水水,放飞自我!

——2019 年 12 月,在新鸣

第三章

发生在"城市化"中的故事

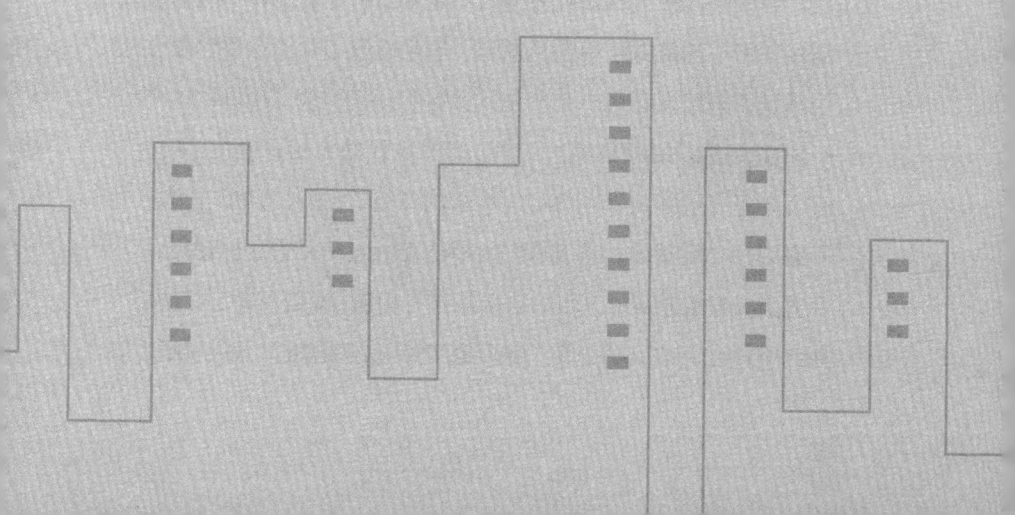

社区现场

散落在乡镇中的城区

程红、程钰堂都是大学城陈家桥这片土生土长的人,不论城市化的进程令他们所熟悉的土地如何变化,甚至已经面目全非,但乡土人情的气息,在她们那里,却从未褪去。

她们年少时曾经摸鱼抓虾的池塘,如今立着一栋栋小别墅和矮层的花园洋房;那些成片的菜地桑田,如今成了密密挨在一起的安置房社区,住户中,既有她们的父老乡亲,也有从其他乡村"农转非"迁来的新居民。从某种意义上讲,她们是这座直辖市曲折的"城市化进程"的见证者,更是亲历者。

那些"被城市化"的乡村的孩子中,成为社区工作者,熟悉当年"农转非"大量细节的,还有龙劲涛。

"我出生地就在覃家岗,工作生活也在这里,半辈子都没有离开过。"

龙劲涛1979年5月出生在覃家岗镇新立村。原先的覃家岗镇,面积大到像个县城,这个特点到今天也是如此。我去新桥街道张家湾社区探访杜波的时候才知道,他们现在的居委会居然"借"的是覃家岗街道的地,不禁感叹于其能够横跨十余个街区,直接在华岩一带与九龙坡区和新桥街道"接壤"。

在龙劲涛的记忆中,20世纪80年代的乡镇,足有40多平方公里,包括的范围很广,今天的新立菜市场开始那一段自不必说,一路延伸,直到石门大桥边上的土湾一带。他记得,原先新立村的地界,东与渝中区红岩村相连,南与石桥铺搭界,西到梨树湾,北到杨公桥,甚至连现在最为繁华的"沙坪坝转盘"的雕像那一片，都是覃家岗镇的土地。小小的城区被大片农村紧紧包裹，或者说城区散落在乡镇之间。

"对呀，一直延伸到重庆大学临江的后校门处。小时候，我常常看见大学生们起早在江边读英语。"

根据资料查证，覃家岗镇新立村原有 8 个合作社（生产队）、3000 多人；原有耕地 3002 亩，园林 300 亩，但随着自 20 世纪 90 年代开始的城市扩建，有 6 个合作社的土地被征用，2400 人农转非，后来只剩下黄桷湾和土湾两个经济合作社。村内有中小型企业 19 家，曾经是整个村子的主要经济来源。

土湾现如今已经是街道建制了，因其地处嘉陵江畔，江心有两块大石，两边沙土堆积，形成了嘉陵江边的湾口，故称之为土湾（塆）。也有一种说法，此地虽然紧挨着嘉陵江，但从字面上看，不是指的水湾，而是地形弯曲低凹地带，所以应书写为"土塆"，在 2006 年出版的《中华人民共和国政区沿革（1949—2002）》一书里也写作"土塆"。实际上，重庆很多"湾"字地名中，绝大多数都应写作"塆"，由于"塆"字没有纳入国家标准汉字编码 GB 字库，所以后来逐渐用"湾"取代了"塆"。土湾街道位于沙坪坝区东南部，临嘉陵江，常住人口 45144 人，办事处驻土湾模范村 3-23 号。成渝、汉渝公路贯穿境内，江边设有货运码头。土湾多故事。2018 年 6 月 21 日，《重庆晚报》以《另一个时空里的土湾，藏在这三次文物普查遗漏的别墅里》为题，报道了位于土湾街道新生村具有 80 年历史的老房子。80 年前，那里曾是享誉四方的豫丰纱厂高级职员别墅群。当时，这篇报道让曾经生活在这里的村民们沸腾，勾起了他们的乡愁记忆。印有重棉一厂的盅盅、纺织纱布、厂币、豫丰里门牌号、老照片……曾经居住在豫丰里的老邻居们，拿出珍藏的老照片、老物件，组建成了村史陈列室，如今存放在其中的一栋老房子里。来到这里的人，不仅能看到80多年的老建筑，还能从陈列室里的这些老照片、老物件中，知晓它们辉煌的过去。

关于黄桷湾也有许多故事。当年，一条经马家岩通往市中心的一公里多的必经之路很狭窄，当时的新立村村委会决定，要致富，先修路——思路很大胆，大家为修路借的钱，到时路边盖房出租偿还。村委会跟黄桷湾社的村民讲"筑巢引凤""借地生金"的思路，得到全体社员的支持。于是村支书出面贷款10多万元，带领全社齐上阵，每天挖山、铲土、填沟、拓路。经过几个月的苦战，1991年底，通往城里的一公里多的小路，由宽10米拓展到宽30~40米，与马家岩的主干道衔接，黄桷湾社的"触角"终于伸到城里。1992年2月，黄桷湾合作社在新拓宽的路边建起第一座铺面房，全体社员看到实惠大受鼓舞。到1998年，小小的黄桷湾共建铺面房两万多平方米，大部分租给附近建材市场的商户，小部分村民自己经商开店。土地真正"生金"了，村民的日子越过越红火。

也是在1997年重庆直辖后，市区规模迅速扩大，带来房地产升温，助推建材行业发展。当村民们沉浸在"小富即安"状态时，新立村村委实施了另一个计划，建一个大型建材市场来招商引资，村民非常拥护。他们把想法上报到沙坪坝区，区里也很支持。新立村成了第一个吃螃蟹的人——农民自己要办重庆第一个建材市场。后来，马家岩建材市场不仅建成了，而且在后来的"城市化进程"中越做越大，越做越强。

今天，商旅往来频繁、道路纵横通达的繁华马家岩，其周边原先是田野堰塘，乡村中鸡犬相闻，与通往城中心、平日车水马龙的马家岩主路形成了鲜明对照。所谓"城中村"大抵就是这个模样。1997年，重庆直辖，随之，"城市化"步伐大大加快，"农转非"成为城市周边乡镇最大的话题热点。

龙劲涛告诉我，其实那时"城中村"的人们已经不局限于"土中刨食"了，除了参与乡村中的"集体经济"，或是到城里或沿海做生意打工，许多村民还会把自家在20世纪90年代建成的三四层楼的楼房，租给周围的流动人口，比如，外地做批发的贩子、军医大学附属医院里那些需要长期治疗的病人及家属，还有拖着"超生"子女的区县务工农民。虽说单个房间租金低，可几层楼的十余个房间一起出租，收入也还可观。那么，当"城市化进程"触及到这些"城中村"——新的城市规划中，需要用这些土地来配置公共绿地、修建公园；新兴的房地产企业将要买下这些土地用以修建商品房。时代背景下的各种碰撞中，形形色色的故事便自然而然发生了。

村民们靠出租自家房屋挣钱，这样的事情其实不止重庆，在全国各地都有，只是山城地貌能窝藏更多"城中村"，创造更多的出租机会。20世纪90年代末，在渝中区的"城中村"，有人靠着出租自建房月入近万。城市的土地渐渐寸土寸金，而"城中村"及紧挨城市的乡村征地拆迁补偿款却很低。

"那时的补偿标准是一平米200元，几层楼几百平米的房子只能补偿几万块钱。"龙劲涛回忆道。

其实，对年轻人来说，虽然补偿款低了，但"农转非"有了城市户口，去城里找个稳定点的工作，或者开个铺子之类，日子都还好过。毕竟在中国，户籍很重要。数十年前，军医大学征用了覃家岗荒沟一带的土地，最终补偿给年轻村民的是一份军队职工的正式工作，可以一直干到退休，然后领退休金。当然，这样的"好事"已经没有了。但在1997年以后"农转非"的过程中，政府也先后出台了许多或明或暗的补偿政策，比如60岁以上的老人，可以在一次性缴纳14000元钱之后一直享受"农转非养老金"，起步是每月450元，然后逐年上升。这样来看，最难的是四五十岁那群人，文化程度不高，除了干点力气活外，几乎没有一技之长，论年纪又远没到领"养老金"的时候。平时闲散惯了，一点补偿款很容易坐吃山空。对他们来说，就只能想方设法去多增加自家房屋的面积，多拿点补偿款；或者是选择"现房安置"，在"户头"上做做文章，多拿一套安置房继续做"包租公"。

于是，某个山坡边上，一夜之间，便建起了两层楼。怎样？这是我晚间看池塘住的房子，这也得算在我房屋的面积里啊！

政策规定按户头"补房子"，也就是说多个户头多套房子，于是村民中有人钻了"离婚"的空子，一家人变两家人，房子也变两套。离了婚，后面照样一起生活就是。到2000年前后，在龙劲涛的周围，不少家庭在征地拆迁中"离婚"。不光打"离婚"的主意，有的人贪心，为了同一个户头再多增加"一个人"，面积再大点，又火速"再婚"。荒唐归荒唐，却是整个中国"城市化进程"中普遍存在的现象，期间引发的稀奇古怪的家庭纠纷常常见诸报端，成为街头巷尾茶余饭后的话题。

新立村的众多集体经济，也有在征迁中转产越做越红火的，按照协定，原先的村民直到今天还能拿到每年两千元左右的分红。集体经济的好处延绵至今，在一些关键大事上，相对"宽裕"的街道能够拿出钱招募"志愿者"支援社区。比如几年前的"创卫"，社区请了很多志愿者做环境清洁和监督维持，每个志愿者每天能拿到100元钱的补助。有钱拿，干起活来动力更足，所以，那一段时间，在沙坪坝的社区中，常常有户籍为万州或者奉节的志愿者。

我花费了大量精力，才弄清许多事情的始末，也大概能够明白2020年春天抗疫最紧张的时段，张家湾社区招募志愿者时杜波书记的忐忑不安了。"城市里的老旧社区遇见大事的时候很麻烦，真的一点多余经费都没有的。但凡像有的'农转非'社区一样有集体经济或者别的资源，也不会说志愿者真的只能全凭自愿，这样还是于心不安的。"

村民迁走了，土地拿出来，才渐渐有了如今在凤天路、在二郎、在重庆西站一带见到的繁华街景。"就像凤天路的一系列商品房，什么天骄年华、凤天锦园，都是2003年前后建成的，在当时物管费就达到了一块钱一平米。"龙劲涛告诉我。2006年前后，"大学城"的建设开启了城市化的又一轮进程。

新立社区居委会，成立于2001年9月，位于沙坪坝区委、区政府，覃家岗镇政府的中心地带，幅员面积1.8平方公里，是覃家岗镇政府（现为街道）成立的第一个社区居委会。2010年，马家岩也专门成立了社区。

2001年，龙劲涛大学毕业回到新立村，做财务工作，2011年任新立村村委会主任（当时尚存在"村委会"和"居委会"两套班子，这是"农转非"过程中的特殊情况），2013

年又调到马家岩社区当主任。

"'农转非'落实到个人身上,是身份的和际遇的重大改变,但放到整个社会看,则是整个国家转型期的标志性产物。"龙劲涛说。

过去的田野荒坡,今天作为中国西部地区最大的客运枢纽系统的重庆西站,时代推动的华丽转身不过二十年间。"我的家原先就在重庆西站这片,是国企厂边上的农村。"钱春燕说。"农转非"给予她的新身份很重要,因为"城市居民"身份给予钱春燕后来的闯荡以很大的空间。

钱春燕还记得,她就读的初中有很多附近国企大厂的家属子弟,跟他们比,钱春燕总是觉得自卑。工厂家属区的柏油路宽敞又干净,从那里过来的同学都穿着白胶鞋,哪怕下雨都保持着干净的样子;而她平时必须先走一大段田埂路,才能到大马路旁等城市公交车,穿的布鞋鞋底总是沾着黄土。如果下雨,她的雨靴沾满稀泥,走进教室总是落下一串串泥水脚印,引得同学在一旁指指点点。所以,当年母亲总在下雨天陪着她到公交车站,再为她换上一双干净的胶鞋。

"那时,真的向往成为一个城里人。一旦如愿,很开心,虽然也有很多转型的烦恼。"

20年前,重庆境内只有一条成渝高速公路、3条铁路,如今已建成了"二环十射"高速公路网和"一枢纽十干线"铁路网。交通发展使城市扩容,加速了城市化的进程。对于楼市来说,城市化进程的加快也为房地产行业提供了很多机会。同时城市版图的扩大、城市化进程的加快,也使城镇人口的数量激增。

在《重庆市城市总体规划(2005—2020年)》中,明确了至 2010 年，全重庆市常住总人口 3000 万人中，城镇人口 1615 万人，城镇化水平达到 53.8%；至 2020 年，总人口 3100 万人，城镇人口 2160 万人，城镇化水平达到 70% 左右，即全市七成居民住在城镇。都市区目前的城市建成区基本位于内环内和内环附近，面积约 315 平方公里，按照城乡一体化的原则在主城九区行政辖区 5473 平方公里范围内进行。规划确定城市发展的主要方向为内环线以北、中梁山以西以及铜锣山以东。为此，重庆将会有序引导农村剩余劳动力转移，实现农村人口城镇化。

2020 年 5 月 9 日，重庆主城都市区工作座谈会召开，重庆市委根据全市发展现实，从扩大城市规模、优化城市布局、提升城市能级、彰显城市品质四个方面，全面部署推进主城都市区建设。重庆主城区要扩围，构建一个更大的主城都市区，范围包括：原主城九区即渝中、大渡口、江北、沙坪坝、九龙坡、南岸、北碚、渝北、巴南为中心城区，渝西地区十二个区即涪陵、长寿、江津、合川、永川、南川、綦江、大足、璧山、铜梁、潼南、荣昌为主城新区，这一范围还包含两江新区、重庆高新区、万盛经开区三个功能区。主城都市区面积、常住人口、经济总量分别达到 2.87 万平方公里、2027 万人和 1.8 万亿元。

"还建"奏鸣曲

"城市化"进程中针对周边农村的征地拆迁，直接事关村民的切身利益，围绕"如何多得一笔拆迁款，多拿一套房子，拿到的房子怎样才能面积更大"，人们上演了一幕幕家庭悲喜剧，甚至血浓于水的亲情也因此受到极大挑战。

　　征地拆迁于村民来说纯属意外机缘。从传统思维讲，农民离不开土地，这是心理上的天然属性。土地要耕种出庄稼才能换钱，现在土地竟然直接变现了。这种前所未有的突然冲击，的确会击垮或者扭曲许多原本固有的东西。就像在越来越开放的市场经济中有所悟的一位菜农所说的：有钱走遍天下，无钱寸步难行。他家的土地已经被国家征收了，安置房在盘溪附近。他靠着在盘溪做蔬菜批发生意，买了5个铺面，买了货车和轿车，两个儿子都娶了漂亮媳妇。这些事情，倒退20年不可想象。所以，旧的思维和传统很快湮灭了，新的还未确立道德规范的事物也很快起来了。

　　不光是乡村，连同城市都深受社会转型期的影响，只是表现出来的情节各不相同。这些年来，因为房子和钱财，亲人反目的事情不少，我时有耳闻。在石井坡采访的时候听居民说，社区里一个退休的老婆婆有两个智障且几乎没有什么收入的儿子，老婆婆凭着一己之力给两个儿子各置了一套房子。大儿子幸运地娶到了媳妇，只是住的房子较偏，面积小一些；小儿子和老婆婆一起住，房子处于闹市比较方便，面积也略大一些。大儿媳妇觉得不公平，便三番两次要求换房。老婆婆觉得无理，就拒绝了这个要求。换房不成，大儿媳妇又盯上了老婆婆的退休金，要求老婆婆从自己每月两千多元的微薄养老钱里，拿一千块补贴给他们。因为三天两头被打扰，老婆婆跑到社区想讨个"公道"。

相比之下，村民的"还建安置房"包含的利益因素更多。

在陈家桥，大学城商业人气日渐兴盛，使得这一带区域为大批外来购房者所青睐。相对于高端商品房和高校自建的"小产权"集资房，安置房数量多、价格低，因此自带优势。对村民来说，当初他们选择"现房安置"，折算出的价格是七八百元一个平方，到2010年前后按市场价大概可以到三四千元一个平方。程红告诉我，桥东社区有居民在搬迁前预先以两千元一个平方的价格卖出安置房，但买卖双方并未正式签约。一年后，居民觉得价格卖便宜了就开始反悔。这样扯皮的事情有很多。

我认识的一个农村朋友，虽然保留着农村户头，却一直在城里打工和生活，平素老家的一切都交给她的哥哥在打理。父亲去世，村子整体征迁时，她的哥哥一口气拿到了大大小小数套安置房。我的朋友认定这几套安置房里必定有一套是她的，但哥哥嫂嫂却并不认同她的看法，理由是"嫁出去的姑娘泼出去的水"。为此兄妹俩争执了将近一年，大家把脸都撕破了。我算知晓朋友从小到大的情况的，就劝说她："你哥哥出钱供你读到高三，咱们就不计较这套房子了吧，反正位置偏，你也不会过去住。"可朋友不乐意："我嫂嫂经常讲'亲兄弟明算账'，你算过这套房子的后续升值吗？租出去一个月也至少拿一千块。这个且不论，最要命的是，我小女儿接下来读书还需要城里的房子跟户口呢！再说了，男女平等，说到底，这些安置房都是我爸修的那栋老房子跟我们的户头换来的，我怎么就不能拿？"没有人能劝动这兄妹俩，他们最终闹上法庭。即便我这个朋友胜诉，她也没有从倔强的哥哥手里过户到房产。直

107

到家中老母亲临终前反复嘱托"哥哥要善待妹妹，妹妹要息事宁人"，我的这位农村朋友才拿到了其中最小的一套——建筑面积只有50个平米的房子。

丰文社区的程钰堂认为，从熟悉的农村到陌生的城市，这样深入骨髓的疏离感使得"农转非"居民安全感和信任度更低，也更容易斤斤计较。丰文社区里有一个王婆婆，生有一儿一女。在安置过程中，她本来凭着自己的"平方"要到了一套小房子，但儿子游说母亲，想方设法把这套小房子拿到自己名下，并信誓旦旦地向母亲保证"后面肯定由我精心照顾您，给您养老送终"。对于房子这件事，早已出嫁的女儿并没有什么意见。等到王婆婆跟儿子住到一起，才发现老年人和年轻人生活差异很大，矛盾频频。老年人看不惯年轻人的地方，就会絮絮叨叨地抱怨；时间一长，抱怨难免激发儿子、儿媳的情绪，他们对王婆婆的态度就变得怠慢了。于是，王婆婆产生了单独住到小房子去的想法，但又担心单独住，儿子不再管她。再三思虑之后，她要求把本属于她的"平方"的小房子要回来，归在自己名下。对此，儿子坚决不同意。双方争执不下，甚至快要闹上法庭。

满肚子委屈的王婆婆找到社区，请求社区为自己这个"老太婆"说几句公道话，毕竟她的出发点，只是希望自己老有所养，且在余生过得快快乐乐。前因后果清楚了，程钰堂找到王婆婆的儿子，与他诚挚交流，告诉他："你母亲并不是不把房子给你，只是希望你能一直对她好。毕竟年纪越大身体越差，今后需要人照料的时候更多。"程钰堂还找到了王婆婆的女儿，得到了"只要哥哥对妈好，将来我也不会去争房子"的承诺。最终，儿子同意王婆婆搬出去住，并且把小房子记在她名下。

现在，有了实际利益约束，儿子和儿媳对王婆婆更加孝顺。

"由于征地拆迁款或房子分配引发的家庭矛盾很多，前几年，我们平均一个月要调解两三件。"程钰堂说。

毕竟血浓于水，亲情最大。后来，丰文社区开展了"孝"文化的宣传教育，特别注重对未成年人的引导。因为孩子往往是融合一个家庭的重要因素，以孩子对祖辈的敬爱孝道，来带动整个家庭形成良好氛围："你看，孙子对自己爷爷奶奶都时刻牵挂着，在外面买了一袋饼干都想着要先给爷爷奶奶尝尝，你这个当父母的，怎么好意思在孩子面前做出忤逆老人的行为。"

同样，在安置房集中的桥东社区，社区与老百姓的共建活动主题是"尊老爱幼"，重点是抓一"老"一"小"。

从"村民"到"市民"

2007年，高中毕业后四处打工自己也做过小老板的钱春燕，终于回到土生土长的家乡，当起了社区工作者。那一年，恰逢村子整体"农转非"。村民转身变城市居民，当然不仅仅是拿出世居的土地然后住进城市楼房那样简单，这其中还有许多过程和细节，包括供华丽转身的村民们专享的优惠政策。

那时，刚刚涉足社区工作的钱春燕是社保员。在社区，社保员主要有三个职能：1.对失业人员开展再就业政策和劳动法律法规的咨询服务，提供就业信息服务，对社区失业人员进行动态化管理，开发社区就业岗，更多地安置失业人员（包括无业残疾人）就业；2. 为无保障老人、社区退休人员等特定群体提供报销医疗费等服务；3. 对社区内企业用工进行动态监控，包括劳动合同的订立情况、企业空岗情况、社会保险缴纳情况等。那一年，钱春燕特别忙，忙着给村民们办理"农转非社保"。我也是第一次从钱春燕那里得知这样种类的社保。办"农转非社保"，一次性交 14000 元，到了国家规定的退休年龄，就能享受"养老金"，起步 450 元，然后逐年按比例上升。这样一来，大半辈子"面朝黄土背朝天"的村民就和城市的退休职工一样，有自己的一份退休钱了，这的确大快人心。

　　划得着！善于盘算的村民很快排起了长队，男男女女，有老有少——年轻人和小孩子是替家中的长辈占位子的。大家都乐于拿出一些积蓄来交社保，因为"管得了长远的事情"。排的队伍实在太长，中途哪怕是上趟厕所，回来会发现又来了几十号人，若是没有家人帮着占位，自己原先排的位子肯定找不回来；若要强行进去，还会引发争执甚至打架。

　　一上午几个小时溜过去，很快到了中午的饭点，村民们开始"换班"回家吃饭，队伍一刻也不会散架。"换班"排队的村民并没有给社保员钱春燕留出吃饭的时间。钱春燕在第一天试过，打算十分钟之内吃完中饭立刻复岗。可是，只要看见社保员起身离开，村民们会立即大声叫骂：怎么回事？！好不容易轮到我了，怎么人不见了？！那段日子像打仗，对钱春燕来说，除了给即将转变为城市居民的村民办"农转非社保"，就是奔波在前往区社保局的路上。一面想着事，一面步履匆匆，钱春燕在路上摔了一跤，不多一会儿，扭到的脚踝便肿得像猪蹄。疼痛难忍,她只好一瘸一拐地去医院照了片,好在没有伤到骨头,只是拉伤。一个萝卜一个坑,社保员的工作在"农转非"的非常时期不可替代,钱春燕决心让这点小伤早日好起来,结果——

"我去某个中医诊所敷了中药,隔天像是好了点,可是很快开始奇痒无比,揭开敷料一看,满是红色细小的疹子,可遭罪了。"

除了"农转非社保",还有"合作医疗"。已经"农转非"的居民每人每年交20元钱,宣传的是"住院可以报一多半",大伙儿也觉得划算,便特别积极地跑来办理。

"这次,在办理的过程中我收到了几百块假钱,当然,全都由我来赔。"但看到父老乡亲在国家政策帮扶下正式向城里人转变,钱春燕还是满心欢喜。

也就在2009年,国家开始推行"40、50灵活就业补贴"政策,帮助那些四五十岁年纪在城里打零工的人交社保。在钱春燕看来,这个可比"吃低保"划算,低保限制多多——甚至家里有辆快报废的车都不能享受,再说还能促进无业居民积极就业,是个很好的政策。于是,钱春燕用那张过去能让客人一口气买下一堆品牌电器的巧嘴,推销国家的各式优惠政策。我给她起了个外号——"精明的政策推销员"。

桥东社区2006年6月1日成立,这是大学城片区征地拆迁后的第一批安置性社区。在大学城发挥辐射效应之前,社区住户全都是"农转非"居民,当时集中安置了3076户、10761人。

是了,上面的两组数据具体到了个位数,这样细致的数据是程红告诉我的。程红做事一向"把细"。

"我在这一带土生土长,社区里的人也同我一样土生土长。我对社区的一草一木充满感情。但对于一些东西,必须断舍离。"程红说。

村民刚住进城市的楼房,其实并不习惯。就像刚刚住进公租房的农民工,带来许多刻着农村印记的生活方式,与城市规则格格不入。但公租房只是农民工在城市暂时落脚的地方,安置房却是离开土地的村民们后半辈子的根基。

他们难以忘怀过去那片赖以生存的土地。他们在小区狭窄的公共花台里种蔬菜,小白菜、瓢儿白、葱子……花台里算不得肥沃的土地未必能长出口感好的蔬菜,况且压根不可能自给自足,但他们就是愿意在小小的自留地里劳作,或许寻求的就是原先在田间地头的熟悉感觉。他们舍不得昔日在农村用过的各种农具,锄头、铁铲,还有农村堂屋里摆放的旧圆桌、长条凳。这种情愫是真实存在的。我的区县的远亲晃哥,已经进城多年,欧式洋房的阳台边却永远停着一辆旧了的嘉陵摩托,锈蚀的铁皮让人想起它曾稳稳地踏过乡村冬雨的泥泞,把农民工一年的收获与幸福带给田埂边翘首以盼的亲人;摩托的旁边,是一根长长的木头条凳,油黑发亮,乡下正月间在院坝待客用的,边角带着钝钝的磨损。他的小孙子骑坐条凳上,与那只在乡下常常跳上饭桌偷嘴的狸花猫嬉闹。

农村的旧器物屋里实在摆不下,他们也舍不得扔,于是堆在楼道里,甚至摆在小区的人行通道、消防通道里。住在楼上的居民,则像过去在农村院坝那样,顺手就把淘米水从楼上倾倒下来。是的,农村院坝单家独户,洗脸水、淘米水都直接泼到院里，鸡群还能一拥而上赶来喝水。但在城市，从天而降的淘米水便是路过者的一场小小灾难，还可能引发更大的纠纷。性情泼辣利落的程红开始逐家逐户搞教育、做工作，想到大家都是乡里乡亲，有话好好说。不承想，迎接她的全是"闭门羹"，或者是来自乡人的教训："你哪，洋气个啥，爬都没有学会就想学跑！"也有老大哥跟程红说："哎，你老是在讲要爱护环境卫生，瞅瞅，这个路面都是硬化了的，跟农村的田埂道比好多了，对不对？"程红自己劝不动，但她从小长在乡野里，明白一个道理："农村人"自有"农村人"的规矩和信奉。于是，她就开始悄悄观察，看社区这些人最服谁、最听谁的劝，然后再想方设法请那些有威望的"老辈子"出面做工作。比如社区居民张清国，原先是虎溪镇下面村子里的村支书，2011年搬迁安置到桥东以后，程红就想方设法抓住这个65岁的"老支书"，让他用自己的威望去影响原先服他的那些村民。还有中秋节、国庆节、劳动节，各种节日，社区都不失时机抓住机会宣传"在城市要讲文明讲卫生"。

光宣传不行，还要配点措施手段。

起先，社区里养鸡、养兔子、养狗的很多，可谓鸡犬之声相闻。有人从乡下一口气带了3条土狗养，家里一条狗叫，其他的狗也跟着叫。有的人养了好几只鸡，夏天气味很大，社区工作者上门劝说，他家会解释："你看，儿媳妇眼看着要生了，所以特意多养几只鸡。"各种理由。那时开始实行社区网格化管理，网格员就频繁上门搞"车轮战"，一家一家做工作，"天天做工作，做到你厌烦得没必要坚持在屋里养那么多鸡呀狗呀"。

"创卫"期间，如果当场抓到乱扔烟头的，那就要客客气气请他留下一起值守，抓到下一个扔烟头的才能走；有半大的孩子在马路上闯红灯，如果被社区工作者发现，就要板起脸对那浑小子一顿批评教育，直到他保证下次不再这样。

　　2020年初的疫情防控，桥东社区同样采取的是这套带些强硬的"措施"，很见效。

　　"农村带来的不文明的习惯，社区都用红黑榜的形式进行招贴，不文明跟好人好事放到一起作比较，有些人自己都要脸红的。这些年，社区的环境变化有目共睹，路边都装上了节能灯，小区道路白改黑，减少了灰尘，还在小花园里安了健身器材。搬到城里住，还是有幸福感的。"张清国说。

　　从村民到城市居民，除了居住环境和生活习惯，更重要的还有从事职业的转变。对上了年纪的居民来说，可以放下手中的锄头，享受国家发放的"农转非社保"；对年轻的居民来说，尤其是原先留守农村照顾老人孩子的，现在离开一直耕种的土地，光吃一点征迁补偿的老本可不行。"社区介绍这些青壮年到大学城的学校、企业当保安，到繁华的万达广场做零工。社区还鼓励年轻妇女学习家政技能，不少人出去做了育婴嫂，收入很不错。"程红说。

　　在凤天路社区，我也听龙劲涛讲过"授人以鱼"不如"授人以渔"的道理。龙劲涛在马家岩社区时，有人靠着出租多余的安置房过活，但收入毕竟有限，生活得亦不轻松；也有人纯粹坐吃山空，每天打牌闲逛。后来，龙劲涛设法安排那些无业的安置房居民到邻近的建材市场找事情做。"田间地头自由闲散惯了突然变成天天坐班有事干，刚开始肯定不适应，但时间一长,也就接受了这种作为城里人的工作和生活方式。"

丰文社区与桥东社区一样,是纯"农转非"安置房社区,2011年10月成立。与桥东社区不同的是,作为一处"还建"集中安置点,居民来自全市不同的乡镇村社,四面八方汇聚而来的人归属感很弱,且带点小埋怨——和过去几年一样,征迁补偿款依然不算高,选择现房安置补了差价再装修好房子,口袋里所剩无几,到城市生活,还增加了许多"额外"支出:过去自家土地种菜,自家养猪养鸡,现在连吃把空心菜都得自己花钱,实在有些不划算。所以,居民们就在小区绿化带和小区外已征未用的土地上大量种菜。除了自己吃,有多的话,还可以带到外面摆地摊卖。疫情期间,也就出现了居民想方设法弄坏小区围栏也要出门浇水施肥的景象。

丰文社区的居民们刚刚住过来时,只认原先的村支书和村委会主任,对于这里的社区工作者非常陌生。"关键是先混个脸熟,为了达到这个目的,社区积极组织村民们参加街道文化活动,看稀奇看热闹,他们也愿意。2012年春节,社区专门组织了游园活动,大家在一起玩得很开心,居民们也对社区逐渐熟悉。"程钰堂说。

刚开始,社区居民们大多数时间两眼一抹黑,哪怕有信息有意见想给社区反馈,也不知具体该如何操作应该找谁。"他不知该找谁,那我就去找他们吧。"程钰堂带着社区工作者,每年都要抽出一个半月至两个月时间挨家挨户走访居民,收集居民的基本情况和困难诉求。

程钰堂还记得,在2012年上下,除开居民个人的困难和问题，在公共环境方面得到最多的反馈有三点：1. 小区没有跳坝坝舞的地方；2. 小区里供住户歇脚的板凳太少，细数一下，竟然只有两三个；3. 小区的停车位实在太少。

事实上，大多数安置房小区的公共设施都有些跟不上城市发展的节奏。据我所知，早期的安置房大多还没有安装电梯呢。丰文社区里，A 区的地下车库只有 240 个车位，却有 2600 户住户；休闲场所不足，整个 A 区只有一个中庭可供休憩。

车位过少，这个问题已经纠缠了许多年。丰文社区旁边建有公租房小区，因为那边的人嫌车库收费高，也凑过来插空停车，消防通道常常被堵塞得水泄不通。为了缓解车位压力，社区报请街道，专门划出一片原属"教育用地"的"已征未用"地，拿来给安置房居民停车，收取一点停车场管理的基本费用，一个月下来大概是 50 元。但这样一来，安置房的居民们不同意了，说这块地是小区的地，怎么能这样"乱收费"？于是居民们各种投诉。直到今天，还在跟居民们沟通这件事。

相比之下，凳子的问题最先解决。小区中庭增加了凳子，又在楼栋一楼大厅里安了些凳子，专门供老年人外出归来歇脚聊天。

坝坝舞 2005 年前后火遍全国，成为中老年人晚饭后最喜爱的"健身项目"之一。丰文社区的坝坝舞很成气候。大约从 7 点开始，便有几个居民大姐提着音箱找地方，紧接着三三两两呼朋唤友，好几支队伍，好几处地方，这里响着"凤凰传奇"的豪迈歌声：你是那天边最美的云彩，斟满美酒让你留下来……再仔细一听，还混杂着"你是我的小呀小苹果"的电音节奏。或许，这头刚刚接上音箱队伍摆出阵势，领舞拿把彩扇就位，某大姐正要按下音箱按钮，那头来了十几二十号人，远远地就在咋呼："哎，革命靠自觉，这块地方是我们跳舞的老地方了，你们怎么来了，让开让开！"安置房社区跳舞的空地很金贵，一方主张"先来先到"，一方说"这是我的老地盘"，难免唇枪舌剑争吵甚至动手。实际上，在小区空地占到位子的队伍已经实属幸运，就连人行道边大马路边也有坝坝舞的存在，汽车的喇叭声、司机的提醒叫骂和高功率音箱放出的响彻一方的音乐混成杂响。

"社区成立时就有5支坝坝舞队伍，每天晚上7点雷打不动开场，有时要到9点才渐渐散场。"程钰堂说。对于夜深还不结束的坝坝舞，楼里的居民是难受的。夜已深，坝坝舞还在热闹着，从高处突然掉下来好多烂菜叶，落在几个兴致勃勃的大姐头上。"哎，楼上的，讲点公德，往底下乱丢啥子东西哦？！""该遭，哪个喊你们深更半夜还在外头放起音乐整！"话音一落，便是关窗户的"啪"声，很响亮，像黑夜中的一记耳光。这是城市与农村的区别，农村宽阔，你打扰不到别人，别人也无法干涉你；城市的楼房紧紧挨着，一切都不隔音，你一个不小心就会给别人造成困扰。在另一个安置房小区里，一户人家的老人逝去了，就按照习俗摆两天灵堂。小区里唯一宽敞的地方是花园，于是这户人家就把灵堂设到了小区花园里，两天时间，"打丧伙"的在花园里进进出出，连花台也蹲着人打牌玩扑克，白天的喧闹就不用说了，晚上"守夜"，通宵的麻将。窗户靠着花园的居民整晚都听到有人大声说话或者哭泣，麻将的翻动在黑夜里格外刺耳。这一切，终止于回家过暑假的大学生打的"110"电话。

那么，5支坝坝舞队伍各自应该在哪里，如何协调，还有居民们对坝坝舞扰民的各种投诉，很复杂。社区用了整整一年时间解决坝坝舞的问题：队伍没地方跳的问题，队伍各自的"地盘划界"，队伍与队伍之间的距离，结束时间的确定……"当然，现在都是在河边公园跳，这还要感谢周边公共设施的逐渐完善，才能从根本上解决问题。"

在安置房社区，高空抛物很常见。如果仅仅是像在农村院坝那样泼盆淘米水或者顺手丢点烂菜叶倒还罢了，可是还有扔玻璃瓶、掉花盆的。一群社区工作者反复给居民们讲"高空抛物"的危害，甚至说到这涉嫌"刑事犯罪"，可"农转非"居民本身对"犯罪"就没有多大概念。

"比方说，你楼上丢下去的一个晾衣叉叉到别人脑壳，你就犯了高空抛物罪，是要坐牢的。"

"哪有那么巧哦，就砸到人了。那我以前在乡间坝子随手扔那么多瓶瓶罐罐，不是已经遭枪毙好多回了？！"

在丰文社区，一次，有一个洋铲从高空落下来，砸伤了一个刚好从楼下经过的居民。万幸的是，这个吓人的洋铲落下来的时候，在雨棚上弹了一下才斜飞出去，所以那个居民只是受了点轻伤。高空抛物不易找到事主，这次也是这样。一番查找之后，只知那个洋铲是从20层以上的高空扔下来的，可是却没有一户承认那个洋铲是自家的。事情变得棘手，可程钰堂却觉得这似乎是一个好时机。为了起到警示作用，社区请法院来现场公审。几天后，公审现场在空坝里摆起来了，居民里三层外三层"看稀奇"围观。找不到事主，法院判决20楼以上的住户集体对伤者进行赔偿。

"其实要赔的钱不多，几千块。公审的费用是社区出的。起先，伤者想到大家熟人熟事的，不愿意这样当众'打脸'，还是社区上门专门说服他这样做的。"赔钱肉痛，对安置房社区的居民来说，"赔钱"比"犯法"这样空洞的说教更直观。反正，这事之后，几乎没有人再直接从楼里扔东西下来了。

第四章

我在你身边，请鼓起生活的勇气

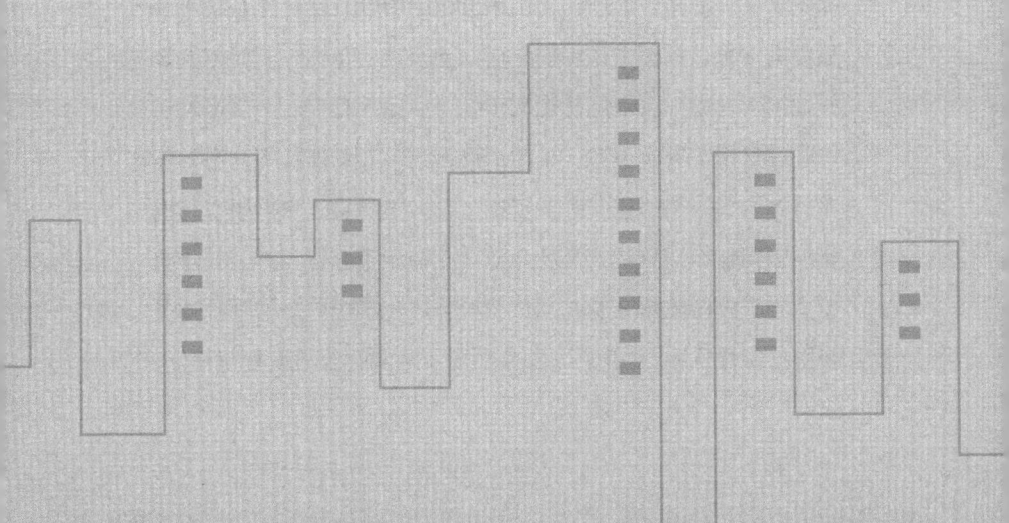

拉力

陈萍说她很喜欢我的报告文学《拯救睡眠》,有几句话留给她的印象很深刻,"生活中的快乐称为'拉力',爆发的压力称为'推力'"。她告诉我:"那篇文章里把心理咨询师给患者提供的精神慰藉称之为'补充的拉力',千方百计把那些被生活击得摇摇欲倒的人拉起来,让他们尽量抬起头,因为抬头能够看见窗外,感知阳光明媚,感知生活的美好。其实,我们这些社区工作者,也发挥着相同的作用。面对一些活得艰难的居民,也是使劲给他们提供'拉力',帮助他们鼓起生活的勇气。"

上午9点,在社区一楼大厅的值班室里,一位长期受到社区帮助的困难居民送来自己的一点小心意——一袋子还冒着热气的花卷,是自己亲手做的。这样的花卷,未见得如小吃店卖的那般可口,却干净实在,关键是有许多盛情在里面。陈萍第一个过去跟她打招呼,满面笑容接下,拿起一块,一面津津有味吃着,一面招呼大厅的人都来尝尝,我在现场,也是被邀请品尝的对象。社区工作者们一面向那个居民道谢,一面不大客气地接下花卷,大口吃着赞着手艺好,虽然他们一个多小时前才吃过早饭,其实不饿。见此情形,送花卷的居民很开心,陈萍看她眉头凝结的愁气散开了许多,知道她最近事事顺心,也就没多问什么,只是一个劲儿随众直夸她手艺好。对于6年前患了乳腺癌的陈萍来说,"每帮一个居民解决一个困难,就多获得一份快乐和存在感"。陈萍经历手术和化疗后恢复得很好,看上去比一般健康的人还要活泼开朗。如果她不说，那么你绝对看不出这是个大病患者。这或许就是"赠人玫瑰，手留余香"的效果。

其实，不仅仅是军嫂陈萍，许多社区工作者诸如晏妮等，都以给困顿者提供"拉力"为乐。曾几何时，他们也是亟须帮助的人，作为城市里千万普通百姓中的一个，见多了散落街巷角落的世间百态、人情冷暖，正因为这样，一点点温暖便足以让他们动容，同时他们也期待自己有一天成为这个送出温暖的人。所以，当他们有温暖别人的机会时，一定是全力以赴。

2012年，陈萍接待了一个要求"吃低保"的中年女人。她看见，这个女人是被老父亲牵着进门的。女人留给陈萍的最初印象，外表秀气且文静，外面看上去并没有什么特别的地方，只是时不时咬咬自己的手指头，偶尔流露出类似稚童的表情。如果仔细观察，会发觉这个女人的一只手，一直牵拉着陪她一块来的父亲的衣角，一分钟也不曾松开。那个女人在一旁沉默地做着小动作，她的父亲跟陈萍细细地介绍了情况。

这对父女之前一直住在"特钢厂"那片，因为拆迁安置到这个社区。女人自小就患有精神障碍，虽然已经47岁了，但是不晓人事，生活也不能自理。母亲早逝，父亲独自拉扯照顾女儿，无论走到哪里，女儿都要父亲牵着。如今父亲已经70多岁，精力大不如前，所以想着给女儿未来的生活谋求个基本的保障。

按照规定，陈萍要到申请"低保"的家庭实地走访。在那个安置房小区，陈萍叩开父女俩的房门："怎么说呢，父女俩的生活不能用简陋来形容，而是不堪。"

逼仄的空间堆着陈旧的物件，屋里弥漫着一股子尿骚味。已是盛夏季节，中午吃剩的饭菜就敞着放在油渍遍布的圆桌上，屋里甚至没有见着冰箱。换洗的衣物，凳子上、沙发上随处可见。见到有人来访，女人怯怯地躲到父亲身后，只露出一只眼睛木然地望着访客；父亲一边颤巍巍地招呼陈萍找地方坐，一边四处翻找干净的茶杯，好给客人倒水喝。

"你没有亲眼看到当时的情形，这种现场冲击力很难用语言表述。难以想象，一个中年女人像个孩子一般，跟着年迈父亲生活的日常。"

陈萍为这个女人办理了"低保"。几年后，与这个女人相依为命的父亲去世。在社区的协调帮助下，女人得到了早年便离家在外的弟弟的照料，平时出门都由弟弟牵着。父亲换成了弟弟。陈萍时不时上门去看她，每次都要主动握握她的手。

"社会转型的过程中，生活的失意会使精神脆弱的人不堪一击。所以，社区里一直存在后天精神疾病或心理障碍的人，我们时不时会遇到，然后，尽可能帮助他们回到生活的正轨。"

黑夜里，一个孤单的身影在社区的街巷徘徊。路灯惨白，映得他的身形格外瘦削。经过某个角落，他停下，木然地从裤子口袋里掏出一颗水果糖，剥开，扔给电线桩底下蜷缩的花白毛色流浪狗。那狗嗅嗅拨拨，不吃，抬头，那人已经不见了。不多时，华彩菜市场对着的"美食一条街"又出现了他的踪迹。入夜，这条街的火锅店和烧烤铺格外热闹，吃肉，喝酒，划拳，人声鼎沸。开心欢聚的夜晚，人们大概率会忽略掉那个光脚走过各色店铺的人，更没人关心他那样光着脚，会不会被地上掉落的碎渣弄伤。买了水果经过那条街的陈萍注意到了那个人，赶上去，抚着他的背，一阵温言相劝，牵着他的手送他回家。这个人，在我接下来的记叙中被称作小熊。

雾霾停留在小熊的脸上，雾霾的生成来自心魔。哪怕一个36岁的男人，如果儿时心上有伤痕，那么，他可能终其一生来治愈童年。在陈萍看来，小熊缺爱，患得患失之间，才会失去常态。

小熊幼时的可怜与贫穷无关。父亲做工程长年在外，母亲是个优秀的会计，无意中将一分一毫的算计和那种固守原则的强势都带到了工作之外，所以，不着家的父亲在母亲看来满是问题，难得回家的父亲回应母亲抱怨指责的唯一方式是冷战。虽然，双方都努力做出疼爱孩子的姿态，但那种细微之间的不自然，敏感的孩子却能够全数捕捉，并在心中发酵出委屈又自危的情绪。

小熊曾是四川美院的高才生，毕业时因为学业优秀而留校。我猜想，或许正是打小藏着不能对旁人说出口的心事的人，才会挚爱外化抒发自身各种情绪的美术吧。在美术学院，充满才气的小伙子交了一个女朋友。有人爱了必须牢牢抓紧。对小熊来说，他极度依赖这段感情，像渴极了的人端着一碗水一样。两人好到如胶似漆。他们毕业后一段时间也在一起，本以为可以一直如此，可是，后来女朋友因为工作调动去了上海，联系渐渐减少，冷漠显而易见。终于，女友以不愿"异地恋"为理由，向他提出分手。晴天霹雳，挽回无果，他的精神心理疾患正是自此诱发——平日一言不发呆若木鸡，白天闷在家里，夜里便毫无目的地游荡在大街小巷，还常常光着脚。如果有人欺负他，他也不还手。他的病经过治疗大多时候比较稳定，当年因病从美院离开后，天天就在家里画漫画，到今天依然如此。本来，画画也可以谋生，但现实也不易。给杂志社或出版社投稿常常被打回来，所以一直也没有收入。最初是小熊的母亲到社区求助陈萍，陈萍为小熊所处的困境揪心，跑上跑下为他申请了"重大精神病鉴定"，这样一来每年有 3000 元补助。钱不多，只能表达对困难居民的扶助。陈萍最担心的是，这个原本优秀的男子慢慢被心病废掉。所以，陈萍做得最多的，是鼓励这对母子千万不要放弃生活的希望，让那个富有才华的男子千万不要放下手中的画笔。

"我非常主张把精神心理救助组织邀请到社区，或者有条件的话购买这方面的专业服务。因为有的人需要更多的拉力，有了这些拉力，他才可能重新站起来。"陈萍说。

社区书记刘德军的工作笔记里记录了一个"啃老族"的故事。那个"啃老族"40岁出头，一直没有工作，靠着父母养活。母亲去世早，家里全靠父亲一人苦苦支撑，他也帮不上一点忙。父亲去世后，这人住在老公房里，靠着老辈子留下的两万多块钱"遗产"，过着极其艰苦的生活。钱必须省着用，一天最多吃两顿；如果身体不舒服，就在药店买块把钱的便宜药来对付。他几乎不与外人打交道，但这个"异类"平日的风吹草动却极易引得街坊邻居注意。开始有居民到社区反映此人的情况，还有人告诉社区：无论身心还是经济状况，这个"啃老族"都处于极度困难和危险之中，甚至，随时可能死去。社区知道这个"啃老族"的情况后，第一个想法还是给他做做工作，让他扭转精神状态，然后再替他找份糊口的事情干。这次，上门走访的也有陈萍。

"老房子里死气沉沉，地面乌蒙蒙，再留心一看，屋角积的灰得有一尺厚。那个人就突兀地出现在我们面前，真的像一具行尸走肉一般。"对这个传说中的"啃老族"，陈萍过去只闻其名，未见其人，待见到真人便大吃一惊：这个人瘦到脱形，头发乱糟糟的很长，脸上挂的眼镜，镜片如啤酒瓶底一般厚——这是近两千度的高度近视。陈萍还注意到，这人几乎拿不动任何重物，柔弱得手无缚鸡之力。在这次详细家访后，社区决定立即带他去医院体检，结果查出包括视网膜脱落在内的多种严重疾病。事实证明，这个人已基本丧失劳动能力。社区主动要求此人"吃低保"。办"低保"需要拿出许多个人材料来办手续，那个人甚至迷糊得连自己的户口本也找不到，于是陈萍替他补资料出证明，亲自带着他去跑各种繁复的手续。

"这个人'啃老'，一部分的确是出于身体原因，但另一部分还要归罪于失败的家庭教育。那人是个独生子，从小就在父母羽翼庇护之下成长，在娇惯中变得任性怕苦。工人出身、文化程度不高的父母因为溺爱而事事由他，不想读书就不读书，不想上班就不上班。最终，溺爱酿成恶果，也活活废掉一个人。"陈萍说，"所以，在帮扶困难家庭的时候，我尤其关注这些家庭小孩子的成长状况。"

有一对老两口，是社区里的拆迁安置户。这对"农转非"夫妻，和他们的许多村邻一样，当初为了多个户头多套房子而办了离婚，家庭祸根亦由此埋下。后来老头子在外面有了外遇，老太婆坚决不予放行，夫妻长年闹矛盾而无暇顾及子女。结果，他们出生于"80后"的一对儿女因为吸毒，双双成为社区矫正人员。老两口的孙子9岁，被社区列为"困境儿童"。这个男孩子念小学，行为举止一直令学校老师们头疼，很不好管教，身上有撒谎、打架、不合群等许多毛病。在家里，孩子也屡次显露身上的叛逆。母亲离家出走，吸毒戒断的父亲成天躺在床上无所事事，孩子因为自己身上发生的一切而对父亲极端仇视，他会阻止祖母叫父亲起床吃饭："谁让你喊他吃饭的，不要喊他！他都没管过我，我长大也不要管他！"陈萍跟那个孩子接触很多。在她的印象里，这个孩子表面上霸道难缠，但骨子里却是悲惨童年造就的早熟与自卑。这个孩子不能与人对视，目光游离。爷爷奶奶上了年纪，只能管孙子的吃喝，却管不了学习教育。于是，社区针对这些"困境儿童"，办起了"四点半课堂"，请市里的社工机构给"困境儿童"补课，同时也一点一滴重新塑造他们的人生观和价值观。

与之相对，陈萍也曾亲眼识见过一位不离不弃的优秀父亲。这位父亲的女儿同样也是9岁，可这个乖巧漂亮的女孩自小就没有正常的听力，平时女孩都戴着助听器。在父亲的精心教导下，女孩学会了看唇语，学会了艰难地吐字说话。父亲一心想让女儿进入健听人的世界，所以父亲一直鼓励女儿：加油，你和周围那些女孩儿一样。在父亲的坚持下，女儿读的是普通小学，与正常孩子在一起学习。上课时，女孩全靠看唇语，老师正面讲解还好，可只要转过身写黑板之类，就不知道老师在讲什么了。为了不落下功课，女孩回家，父亲会把当天的课堂内容再给孩子讲一遍。把一个残疾孩子往正常孩子方向培养，做父母的要投入巨大的精力，做出无法想象的牺牲。女孩的母亲在法院当书记员，却是签着合同的临聘人员；女孩的父亲是某企业高管,也是家庭经济的顶梁柱。为了全方位照料渐渐长大的孩子,父亲被迫辞职,一家人的生活非常艰难。

陈萍对这家人的处境看在眼里疼在心上:"几年间我一直在想,到底有什么办法能彻底扭转这家人的困局?后来我们知道,人工耳蜗的植入显然是一个最好的办法。"经过检查,女孩也确实适合植入人工耳蜗改善听力。可是,人工耳蜗的价格在8万~30万之间,再加上手术费用,这些对于普通家庭来说绝不是个小数目,很多家庭因为攒不到足够的钱只能放弃孩子宝贵的康复时机。但还是有机会——可以争取免费植入人工耳蜗的国家项目,比如"七彩梦""启聪行动""爱的分贝"等。除此之外,各省、市级残联对于人工耳蜗植入手术也有一定额度的补助政策,提供给符合条件的患者。

陈萍帮助那位父亲与地方残联取得联系,最终利用国家政策,给孩子免费装上了人工耳蜗。

"有的人,我们扶她一把,是为了让她坚持走下去。"

数年前的一个大清早,居委会院子里来了一个面目枯黄的中年女人,叉着腰,瓮声瓮气地叫骂,骂的也没有具体人,但是听起来似乎把整个社区都带进去了。那时陈萍来社区的时间还很短,她不认识这个叫骂的女人。社区的几位大姐上前相劝,也有路过的居民停下来看闹热的。陈萍还在诧异着,旁边有人告诉她,这个女人挺"造孽",才38岁,就已经患尿毒症两年了,娃儿也还小,她到这里来,是指责社区不管她。刚入职不久的陈萍很同情这个唤作洁儿的女人,热心驱使,就主动去"贴"她,走得近了才晓得许多故事。

"第一次到洁儿家里去,我发现屋里虽然简陋得很,却打扫得一尘不染,连窗户也擦得干干净净。"陈萍对我说。

我好奇地问陈萍,你为什么老是喜欢观察别人家里的清洁状况?我都听见你说过好几次啦,比如灰尘有一尺厚,地面干净得像镜子一样,如此种种。

"因为屋里打扫的干净程度,从某个方面讲,可以说明这个人的生活态度。"陈萍回答。

如陈萍对细节的观察,洁儿原本果真是个生活态度积极向上的人。洁儿的丈夫在一家三甲医院的放射科做合同制技工,洁儿自己在商场里做销售工作,站柜台卖化妆品,几乎年年销量第一。忽然有一段时间,洁儿频繁感冒,起先没有在意,后来头晕想吐实在难受,她就去医院检查,这才发觉肌酐指标高得惊人。她患上了尿毒症,并很快发展到透析阶段。每个星期3次透析,全部自费承担。虽然丈夫多年来对她不离不弃,可是经济困难和身心痛苦的双重重压,使洁儿开始抱怨和烦躁,到处撒气。

"我可以理解她的处境和想法,得了大病的人常常会怨恨老天为什么对他不公,这时唯有温暖和关怀才能消弭怨气。"陈萍说。

陈萍东奔西走,为洁儿申请了"临时救助",虽然只有15000块钱,对一个重病号来说,完全是杯水车薪,可就是这笔小小的救助金,却让她真切感受到周围的善意和鼓励。是的,一切都没有想象的那么糟糕。真诚相待,使陈萍和苦难的洁儿一家成了好朋友。几年后,洁儿的孩子念高三了,国家对困难家庭子女读书上学也有利好的帮扶政策——这样家庭的孩子读大学有 3000～5000 元的补助。高考前,陈萍赶着告诉洁儿,需要的时候说一声,但已经工作挣钱的洁儿告诉陈萍,自己会尽量承担,因为,"社区还有比我更困难的人需要帮助"。

夫妻同心抵御生活重压是最好的情况。何况,还有行走在崎岖路上越来越孤单的人。

1986 年出生的小唐,同乡村里其他年轻人一样,早早地离开家乡来到城市,在为重庆这个新兴直辖市建设添砖加瓦的同时,也成就了少年时的理想——成为体体面面的城里人。小唐和丈夫通过务工、做小生意,逐渐有了积累,在紧靠重庆图书馆的一处新兴小区买了房子,上了城市户口。他们居住的这个小区,有许多像他们一样逐梦大城市的区县奋斗者。小区的年轻人,多有在附近马家岩做工或开店的,也有在石桥铺的家具城卖家具的,或者在街巷开个小铺子卖零食杂货。我最喜欢买瓜子花生的那家店的店主,也是住在那个小区。从小区出发,左拐右弯走上 600 米,中途会经过新鸣社区居委会那栋枣红色小楼,然后就到高滩岩小学。这个小学紧邻军医大学家属区,教授和军医的孩子多在那里上学。小唐的儿子也在高滩岩小学读书,夫妻俩对孩子寄予厚望。孩子很有礼貌,如果路过居委会碰到陈萍或者其他人,孩子会甜甜地打招呼。

家庭的灾难是在不经意间发生的。起先,孩子的小症状并没有引起重视,因为小唐夫妻俩每天都为生计奔波。等到孩子出现头疼不止、晕厥等严重问题时,为时已晚,孩子被诊断出患有脑瘤。在重庆的几个三甲医院,医药费用像流水一般花出去,然而孩子的复杂病情依然得不到控制。医院又给出新的治疗建议:北京某医院神经外科很厉害,去了那里,孩子或许有救。当然，伴随而来的又是一笔巨大的可称为天文数字的治疗费用。眼下为了治病，小唐夫妻一点一滴构筑的小家已然家徒四壁。如果去北京，该当如何？

接到转院建议的当晚，小唐守在儿子病床旁，几乎一夜未眠。第二天上午，轮到小唐丈夫看护儿子，他却没有出现，打电话关机，家里找不到他，铺子里也找不到他。几天后，小唐接到丈夫发来的信息：对不起，我实在无法承受这一切，我去外地待一段时间。在家庭的巨灾前，并不是每个人都足够坚强，就像小唐的丈夫。在这个艰难的选择中，退缩的不止丈夫，连起先一直主张治孩子的娘家人都打起了退堂鼓：去北京？先前的钱已经花光了，再去能保证一定能治好吗？这样治下去，前面会不会是个无底洞？小孩如果没了，大人还要继续生活呀！

但越是逆境，有的人却越是倔强。如此多的打击和劝阻，反而让小唐坚定了信心，如果说前些天她还有些许犹豫的话。

"我是钦佩小唐砸锅卖铁救儿子的精神的，但落到现实，这里面的确蕴含着无数风险。可是，一个母亲如果没有尽力救过自己的孩子，将来的午夜梦回，必定泪湿枕巾。所以，我没有正面给出'去'或'不去'的建议，只是对小唐说，怎样做你不留遗憾，就怎样去做。"陈萍说。

小唐带着重病的儿子和倾尽全力凑来的钱，去了北京。最终，在那个曾经救过不计其数的脑瘤患儿的全国著名专科医院，花费了七八十万元，救回了儿子。在北京那段艰辛至极的经历，也让小唐看清，"丈夫"或许只是一种精神支撑，没有这个男人，一切也能进行下去。回来后，小唐决意和丈夫离婚，但大病初愈的儿子想要父亲，一遍遍求着母亲原谅父亲。小唐心疼儿子，答应了。于是，曾在最艰难的时候抛弃他们母子俩的懦弱丈夫回归家庭。

为了帮助这个家庭，陈萍替小唐申请了"困难职工补助"，这个补助只要申请者有用工合同便能得到。但可惜的是，维持这个补助，却和"吃低保"一样，有太多条件限制，因为年度核查发现小唐家还有一台运货的机动车，这个补助就被取消了。

"现在，国家落地的惠民政策有很多，确实在帮助困难群体方面发挥了积极作用。但许多惠民政策的规定和限制也比较多，而且标准定得死，比如'困难职工补助'对家庭车辆的限制，'低保'对购置商品房的限制。但在我看来，车辆的限制有些过了，轿车不必说，用于运输或摆游摊的小型机动车可以看作营生工具，如果不鼓励困难家庭设法摆脱困境，仅仅杯水车薪的救助，意义也不大。"陈萍说。

2019年初，一直疲于奔波的小唐患上了宫颈癌，从分型看，又恰是最为凶险的腺癌。为了活下去，她同样只好到北京去求医，这次丈夫随同她前往。她在化疗期间昏厥，丈夫却趁机把她四处筹来的4万元救命钱从手机里转走。她清醒后，愤怒地责问丈夫，丈夫却慌慌张张地找理由搪塞。"大概他以为我快要死了吧，所以急着把那点'遗产'拿走。"回忆丈夫在自己病重时的举动，小唐对陈萍说。小唐和丈夫虽然共同生活多年，可一直奉行的是"AA制"，两人在经济上泾渭分明。

从北京治疗归来，小唐情绪低落，她总是担心，自己的病会很快复发，可怜的儿子就没人管了。有一段时间，小唐一直觉得自己骨头疼，疑心是肿瘤骨转移。她把自己的情况告诉陈萍，陈萍便立即给在三甲医院放射科工作的洁儿丈夫打了电话，请他帮忙带小唐去做个 CT 检查。"是呀,人和人之间就是以心换心。我和洁儿一家人都是好朋友,他们也愿意帮助有困难的居民。"检查结果证明并没有发生转移。心病还需心药医,其实令小唐心神不宁的,大概是那段失败的婚姻。

"人家都说劝和不劝分,这次,我亲自说服小唐离了婚。"陈萍说。

社区矫正

"社区矫正"是晏妮的日常工作之一。

"社区矫正",在我国是指针对被判处管制、宣告缓刑、裁定假释、暂予监外执行的这四类犯罪行为较轻的对象所实施的非监禁性矫正刑罚或考验(宣告缓刑)。社区矫正实施的最初原因是为缓解监狱罪犯过多而产生的压力,但真正目的是通过政府、社会以及爱心人士的帮助,使那些轻微犯罪的矫正对象在不脱离社会、不脱离生活的情况下,改正恶习,回归社会,实现再社会化。

晏妮所在的杨公桥社区是沙坪坝区传统的老旧社区,街道无业居民多,集体性质的小厂子多,下岗失业的年轻人多,种种因素综合,使得这个社区犯罪的人多,所以"社区矫正"和"刑满释放"的情况亦相对较多。从 2005 年晏妮接手这项工作到如今,已经接触过 200 多号这样的人。之前我并未亲眼见过"社区矫正"的对象,曾私下猜测过他们是否浑身散发着与众不同的气质,或者说与危险或卑微有关。

"你想多了,其实这些人看起来和普通人一般无二,当中相当一部分是误打误撞跌进了坑里。他们中的绝大多数愿意为这个社会做点事,愿意用实际行动为自己后半辈子正名。所谓'求仁得仁',我会用力把他们从坑里拉出来。"晏妮说。

"社区矫正"有"六个一":一是矫正对象必须每天向社区报到(可以打电话);二是矫正对象需要每周到社区参加劳动;三是每个月社区要组织他们集中学习;四是矫正对象外出要向社区请假;五是矫正对象思想有波动要及时汇报;六是社区要引导矫正对象实现"人人就业"。

有一个人令晏妮印象深刻,为了保护他的隐私,在我笔下,暂且称他为"老陈"。老陈是个很早就下海开厂的老板,因为商标侵权的官司被起诉,获刑4年,因为犯罪情节较轻,老陈在交出一大笔罚款后,得到"社区矫正"的机会。

晏妮至今还记得,当时民警带着老陈到她那里办手续的情形。那个中年男人始终铁青着脸,木然地按民警的指示行动,却一直没有任何表情,直到晏妮把需要签字的文件双手递给他,接着又递上一杯茶水,那个男人的眉头才微微地动了一下。以后渐渐熟络,老陈告诉晏妮:"本以为背着罪名回到社区,大家都瞧不起我,可你们对我那么友好那么和气,真的没想到。"

老陈和他的妻子都是大学文化,原本很讲道理,可是老陈从牢狱归来,他们的性情就开始变得消极偏执。"老陈汇报思想倒是一板一眼,可接下来顺道聊天就有些不对劲了。老陈说自己恨绝了举报者,总有一天要把那些丢失的公道全部讨还回来,让那些乱告状的人不得好死。"晏妮每每闻听夫妻俩这类言语，就旁敲侧击地给他们讲讲自己的小见解："怎么样才是最好的回击？并不是你违法报复他，自己跟他一块完蛋，而是你要努力过得更好，让他看见自己当初的打击伤害并没有大的效果，反而让你更加强大，这才是最好的回击。"思想的扭转并非一时半会儿，在经历了若干曲折之后，老陈才渐渐振作起来，恢复了以往的干劲。"社区矫正"期间，老陈继续开展他的经营。

在晏妮看来，老陈这样的人性情真挚，如果你对他有一分好，那么他会拿出三分、四分甚至更多来回报。有一次，老陈赶到社区进行一个重要的登记时，恰逢周末休息，听闻老陈有事找，晏妮就立刻从家里赶过来为他办理登记。看到风尘仆仆的晏妮，老陈一激动，就从口袋里掏出2000块钱硬要塞给她。晏妮拒绝了："老陈，我是个社区工作者，这是我职责分内的事，我不要这个钱，如果将来有机会，请你把它给更需要的人。"那次，老陈很诚恳地点点头。2011年，重庆有一位年轻的白血病患者意外得到从台湾捐献而来的"救命骨髓"，但后续治疗费用还有很大的缺口。老陈在报纸上看到这个消息，立马捐出了2000元。社区里有献血活动，老陈就出现在排队的人群里，献血所得的200元钱，老陈也拿出来捐给残疾儿童。2016年6月高考那几天，重庆市发起"爱心送考生"活动，老陈和朋友们组建了一个车队，在山城的大街小巷穿梭，把那些为考场太远发愁的应考学子安全快捷地送到目的地。

"看见昔日充满恨意的老陈乐观友善地面对生活，我真的很开心。实际上，搞'社区矫正'，就是诚意、智慧加上爱。有人觉得我老是和麻烦人打交道，处理的都是麻烦事，好麻烦哟！但我们恰好不要怕麻烦，因为咱们老祖宗有句俗话说得好，'怕麻烦不要做人，做人就不要怕麻烦'。"晏妮笑得很欢乐。

与保安老徐相关的故事

需要赋予生活与前行勇气的，除了"社区矫正"对象，更有刑满释放人员。关于刑满释放人员出狱后重新回到社会，如何像个正常人一样生活，社会能否接纳他们，是晏妮非常关注的问题。

"很多刑满释放人员，都面临着相似的困境——亲人失望的眼神，社会歧视下的工作难找，自卑造成的自暴自弃，等等。"

实际上，晏妮说的情况，社会上比比皆是，甚至更严重。比如我熟识的一个叫陈芳（化名）的女人。至今，生活才刚刚安稳下来的陈芳都不愿去回想4年前刚出狱时的情形，因为实在曲折、惨痛和屈辱。

我的朋友陈芳看起来蛮有气质，她的罪行也与臭名昭著的打砸抢之类恶性刑事案件无关。这是一位曾经的公务员，处级干部，她所在的部门与实权相关。工作将近20年，一切顺风顺水，不想一场官场地震却牵连到她，2015年，她因贪污罪被判处有期徒刑4年，之后从某女子监狱刑满释放。

4年时间物是人非，过去体面的工作生活已然消失。出狱的日子进入倒计时，陈芳却日日夜不能寐，无法去设想未来的路怎么走。一切并非从零开始，而是从负数开始。出去工作好找吗？将来怎么生存？周围的人能不能接受我？临出狱前，管教干部给陈芳做过心理辅导，告诉她："《中华人民共和国监狱法》规定，刑满释放人员依法享有与其他公民平等的权利。在道德范畴内，刑释人员尊重他人同样也应受到他人尊重。"总归一句话："回到社会，你仍然是一位公民，拥有自己的公民权利。"

深谙世事的陈芳当然不会相信管教干部的说教，过去在政府机关左右逢源的她知道，真实的社会很复杂，尤其人心难测。

我去接陈芳出的监狱。那天，陈芳很早就开始做准备，除了换上前些日子狱警送的浅紫色新衣裙，还化了淡妆——化妆品也是热心的女狱警送来的。我在外面等候，看见她，我朝她直招手，她点点头，却始终面无表情。跨出监狱大门的那一刹那，她甚至停滞了一分钟，像是走神了。在车上，陈芳才突然说："我，我有点不想离开了。"因为，走出监狱大门的那一刹那，她突然感觉一阵惊慌失措，头晕，心悸。

出狱当天，她甚至不敢直接回家。我熟识陈芳多年，这是一位做事认真、本质善良且特别讲义气的大姐，我甚至宁肯相信她的罪行有许多官场迫不得已的成分。"你不嫌弃我，可我的家人未必不嫌弃，他们已经被我拖累了。"陈芳哭着说。当年案发，家中财物尽数被冻结，丈夫受她牵连被调查继而丢了前程，之后与她离婚划清界限，还带走了读小学的儿子；在她被判刑入狱的第二年，父亲治愈多年的癌症复发，才半年就过世了。

我把陈芳带回家，整整安慰了一天，直到天黑尽，她才听从我的劝告硬着头皮回到自己母亲家。晚上将近9点，老人家才刚端上饭碗，风湿关节炎加上带状疱疹发作，在医院里折腾了一整天，夜幕降临才到家。看见黑瘦憔悴的女儿，母亲快步走过去把她抱在怀里。母女抱头痛哭。出乎陈芳意料，年近八旬的母亲没有半句埋怨之词。但此后一个多星期，陈芳都没有出过门。母亲出门买菜，刚打开门，听见邻居在问自己的事情，陈芳便心跳加速；连开门倒个垃圾，陈芳都行动迅速。怕人，怕见人。可是，父亲不在了，母亲那点病退工资仅够一家人吃饭，陈芳不出门工作怎么行？自我心理调适了一个多月，陈芳才鼓起勇气重新找工作。

去干什么？以前在政府机关工作时，文秘专业出身的陈芳工作性质比较单一，也算不上有一技之长。她翻着通讯录，瞄上了过去认识的一个做品牌专柜的商人朋友。为了表达诚意，陈芳特意到商场去跟这位朋友见面，还带上见面礼。刚刚挑明来意，这个朋友便婉拒道："现在卖衣服的都得年轻漂亮。你不太年轻了，再说，个头也不够高挑。"

听说某街道办事处有招聘活动，面向全体社会无业人员。陈芳觉得自己的学历和文字功底都足够，就抱着一线希望前去报名。结果，因为她的服刑史没能被录用。

出狱后第一年，陈芳一家人的生活基本是在亲戚朋友的接济下度过。没有工作，顶着"刑满释放人员"的沉重帽子，陈芳很少出门，也不跟朋友来往，除非人家主动跟她说话，她才会笑笑点点头。

但是，陈芳绝不是个例。

晏妮说："虽然这些刑满释放人员已为犯过的错误受到了惩罚，但大家的歧视让他们觉得，这种惩罚远没有结束。我想做和正在做的，是请社会再给他们一次重新再来的机会。"

2019年底，我与晏妮一起走过喧闹的地下商场，她突然指着一个看上去60岁左右的保安，那人正穿着一套规整的制服背着手仔细看着来往行人。"那个人是我介绍他到这里工作的，瞧，看着好周正，当初他可不是这个样子的。"当年，这个因为车祸失去独生女儿的悲情父亲，也是一个刑满释放人员。

这个故事要从2008年发生在双碑的一起重大交通事故说起。那一天，重庆媒体的都市版面都有这样一则新闻，双碑某事故高发路段，发生了一起货车与摩托车相撞的恶性交通事故。事故发生时，摩托车后座的年轻女子在撞击中被甩出，头部着地，当场死亡，年仅23岁。新闻瞄准的是恐怖的交通事故这样一个"卖点"，但新闻背后的故事却鲜有人知。那个死去的年轻女子及其家人是晏妮所在社区的常住居民。这个女子有一个区县籍的男友，两人虽还未结婚可已经生育了一个孩子，当时10个月大。女子的父亲老徐，因为刑事犯罪被判入狱10年，此时还在服刑。

交通事故后，晏妮想方设法将老徐临时从监狱保释出来，为他不幸死去的女儿办理后事，也瞧瞧素未谋面的小外孙。在晏妮的协调帮助下，车祸的赔偿等后续问题——得以解决。谁知，老徐刚刚回到监狱，又一件意想不到的事情发生了。孩子的祖母在给小孩喂桂圆吃的时候，一不留神，果核卡在了孩子的喉咙里，孩子来不及救治就窒息而死。刚刚失去唯一女儿的老徐又失去了仅剩的血脉。一年后，老徐服刑期满从监狱里出来，虽然才53岁，可是顶着一连串的打击，头发全白了。

晏妮见到他的时候，差点没能认出来，"雪白的头发很长，一直到肩膀，周身邋遢，裤子上是一块一块明显的油污"。围绕老徐未来的生活，晏妮主动征求他的意见。在社区里，几乎所有人都认为，老徐这个年纪还可以再做份工，既可以贴补家用，更是一份寄托。但出乎意料的是，老徐直嚷嚷一件事："我啥也干不了，我只能吃低保！"

老徐丧女又失去外孙的经历让人不由得同情，若真能"吃低保"也没人拒绝办理，但关键是老徐并不符合"吃低保"的要求，因为老徐的爱人有退休工资且超过规定的城市最低生活标准。

老徐那段时间固执得油盐不进，眼睛里总闪烁着不信任，且干瘦的人嗓门特别大，就是典型的"干精火旺"。没事老徐就上居委会表达诉求，时间一长，大家都躲着他。倒是晏妮总迎着上，"毕竟我熟悉他嘛"。

按照晏妮一贯的调解策略，她先让老徐倾诉，然后再给他讲政策，过程就像拉锯战。

老徐大吼："你不要说那些花花肠子！哪个不晓得我是从监狱出来的！要是找得到工作，保准手掌心煎鱼给你吃。你是不晓得，我关了10年，人都关傻了。再说，我这种人，哪个单位会要？"

"徐老师,万一我真给你找到工作了呢？我们一定要相信，明天肯定会更好。"晏妮回话。

"明天会更好？歌倒唱得好哦。你看看我这个日子怎么好得起来？屋里一年就死了两个人。"

"徐老师，幸福是每个人自己的感觉，这要看你如何权衡，如何去做。我尽量给你联系适合的工作，但你肯定不能要求还得坐办公室。"

"我管得你的。"

"徐老师,我一直有一个思想,不能让群众白来白跑,肯定也不得让你白来白跑。"

这里,"老师"是重庆人互相称呼的常用词汇,表达客气,所有人都可以称作"老师"。

在老徐嗓子累了安静下来喝茶水的时候,晏妮跨出办公室给附近地下商场的刘经理打了电话,想替老徐联系一份保安工作,并言明自己给老徐作保。

"刑满释放人员能做保安吗?"我好奇地问过晏妮。

"实际上一般单位只是规定盗窃犯不能做保安。老徐不是盗窃犯。"晏妮告诉我,"辖区内很多单位是支持我们工作的,也愿意给这些刑满释放人员重新回归社会的机会。"

那头刘经理很爽快,说是地下商场正好缺保安,电话里就答应晏妮可以把人带过来看看。

有了底牌,再折回办公室,晏妮腰板打得很直。她敲敲桌面,跟老徐讲:"有单位愿意见见你,工作有希望了,如何?"

老徐先是震惊地搁下手中的茶杯,脸上悻悻地红了红,然后托词:"晏老师,你看我这个样子哪个要得嘛?头发又白又长,看起七老八十,身上又穿得脏,别个看了也不得要,还是不如吃……""低保"两个字还没说出口,晏妮已经一把拖起老徐往外面走。那天,老徐的一身邋遢被晏妮彻底解决,头发理了个板寸,身上也换了一套,看起来精精神神的。

"就在去刘经理那里面试的路上,他还在絮絮叨叨地说着低保的事,他内心最隐秘的想法是,一方面要争取吃低保,一方面又要工作,这当然不可能。人嘛,都有惰性,都希望最好不工作就能拿钱。"

一路上,晏妮竭力劝说,瞧,这份工作从晚上 6 点干到早上 6 点,离你的家也近,如果最近去上班,重庆 4 月底 5 月初的天气,不冷不热刚合适,你说对不对?再说了,你如果在那里工作,一个月能拿 1200 元,我刚到社区的时候才拿 600 元哩!

晏妮的热心唤起了刘经理的爱心,老徐最终得到了这份工作,一直干到现在。

还有一件事。因为老徐出狱后的际遇,老徐的家人非常感谢社区。老徐死去的女儿的男朋友也很仗义,把老徐夫妻当成自己的父母看待,一直没有离开他们。就连成家以后也带着媳妇跟老两口住在一起,一口一个"爸妈",很孝顺。

"老徐的女婿是个好孩子,手上有修空调外机的本领。当初,我跟那男孩子说过,你是多子女的家庭,你就把这两个可怜的失独老人当成自己的爹娘吧。你善待他们,他们永远感激你。这孩子到底有情有义。"晏妮对我说,"只要心中有爱,一切难题皆可迎刃而解。"

第五章

关于他们

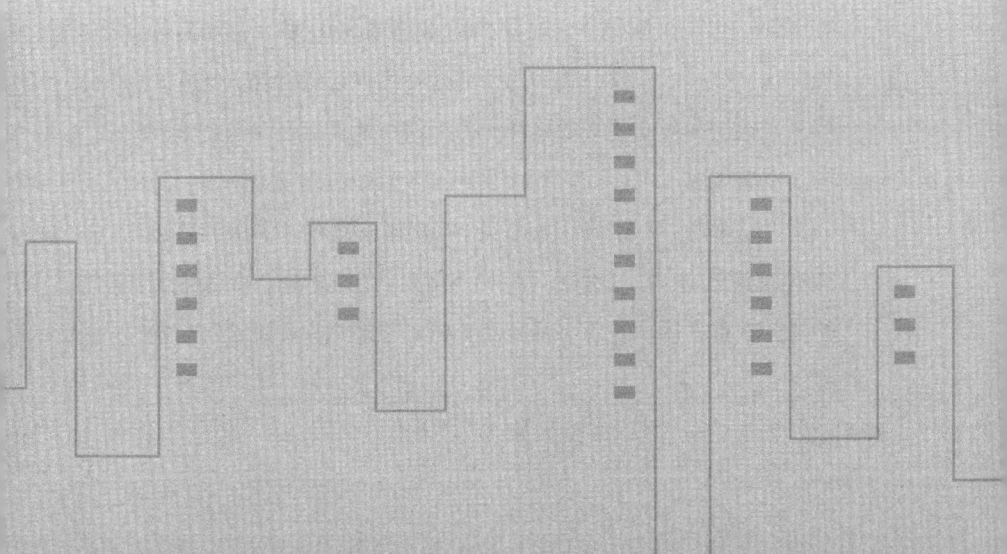

打工者的蜕变

　　社区没有行政级别，社区工作者既不属于行政编制也没有事业编制，社区工作者的主体是所谓"社区干部"——比如党委书记、居委会主任等"两委委员"，由三年一次的党员（居民）换届选举产生，经街道聘用。因此，社区工作者的流动非常大。每个社区，社区工作者的人数不定，根据管辖居民多少而异，如前所说，大的社区可能管辖 5000 户，小的社区仅有不到 1500 户，一般社区工作者的数量在 8～20 人之间。对于大学生社区工作者，各项待遇则依照"大学生村官"政策制定。

　　一般来说，选聘的社区工作者有实习期，实习期过后的审核并不是人人都能通过。据说在重庆市，从 2020 年开始，备选的社区工作者还必须进入各区县党委组织部的"人才库"，管理愈发严格。

　　今天，所有智能化电子产品的"设置"里都有一个点击选项：关于我们。对于这些无声运行于城市一线的社区工作者——没有任何"正规"编制，工资很少，不超过 3000 块，甚至有人告诉我，在社区工作，最好的待遇是不用自己缴社保、医保。那么，他们为什么要来做这样一份工作？他们自己又有什么样的人生故事？

　　我从 2019 年 11 月一直延续到 2020 年初夏，走访了将近 30 位社区工作者，他们的性别、年龄、性格各异。深入他们的社区轶事之后，我总会补充问一句："那么你在进社区之前做什么？"

"我是个高考落榜生,之前在外打工。"钱春燕回答得很直接。

少年时代的钱春燕有个贴心的母亲,下雨天,乡村小路很泥泞,母亲便提着一双干净胶鞋、撑着伞送女儿到几里地外的公交车站,在那里坐车去上学。等到了车站,趁着等车的间隙,母亲帮女儿换掉沾满稀泥的雨靴。这样做,待会儿才不会在洁净的教室地板上留下一个个泥泞脚印。一个农村妹儿,更得全身上下穿着干净,否则就会被班里的工厂子弟嗤笑。母亲在钱春燕高二的时候过世了。不知是否因此受到打击,第二年的高考,钱春燕落榜了。彼时,她已无心向学,笃信的是"条条道路通罗马",那时是 20 世纪 90 年代初,读大学本就是"千军万马过独木桥"的事情,并非人人能够得偿所愿。

钱春燕的第一份工作,是在地处华岩的一家做方便面的合资企业。她作为一名车间工人,工作内容是"站在流水线旁边往食盒里扔叉子",几年之后,方便面行业的竞争愈加激烈,她所在的厂子在 1996 年垮掉了。接着,她开始学着周围小姐妹,从广州等地批发衣服到沙坪坝最繁华的三角碑去卖,摆地摊做夜市。我所认识的一位生意人罗姐,20 世纪 80 年代中期就开始在三角碑一带经营盒饭生意,也做过服装生意,并由此赚到了第一桶金,但时代赋予的某些机遇总是短暂易逝。到了 90 年代中期,许多生意和买卖已经渐渐趋向饱和。赚不到多少钱,还有许多格外的麻烦,钱春燕很快放弃了这门小生意。

1997 年,钱春燕在渝中区新华路某个电器门店做销售员。关于这段销售经历,钱春燕没有具体描述她的能干程度,但有一件事足可以印证。她给一个客户送去预订的电器之后,那个客户问她:"小姑娘,你可愿意到我们店里来工作?你可以拿几千块钱哟!"这件事肯定可以佐证钱春燕的能干,也让她由此丢掉了本有的工作。当时,那个客户许诺的"每个月拿几千块钱"虽然让钱春燕有些心动,但对"所属单位"的忠诚心,让她还是打消了"另寻他主"的念头。回到电器店,她把这件"趣事"顺便告诉了老板,结果不久之后老板便找了个理由将她辞退,"当时老板说的是资金周转不灵需要清退人手,但种种迹象表明,是因为我把别家愿意出几千块钱薪金的事情告诉老板,闯了祸。这让老板觉得,我在向他变相提出涨工资的要求,算是一种威胁"。

能言善道的钱春燕是不会找不到事做的。1998年,在某路公交车上,钱春燕偶然认识了一个保险公司的资深销售,并由此得到了做保险推销员的机会。当年,没有更多的犹豫,钱春燕迅速交保证金、买传呼机、考"保险代理",很快走上"卖保险"的职业生涯。"那时,一个月收入好几千啊,绝对的高收入,更神奇的是,与其他人专门围着熟人打转不同,买我保险的都是陌生人。"有了这些做铺垫,钱春燕最终在四川入职大型企业海信:"在海信做销售期间,我曾经成功地向一对富裕的聋哑夫妻卖出'一拖二'的空调,跟他们全程用写纸条的方式交谈。交易成功后,那对夫妻又给我写了表扬信,表扬我做业务耐心又细致。"

在我看来,钱春燕人生前一段的销售生涯,也为她后来在社区成为一个精明的"国家利民政策推销员",在心理和行动姿态上,做了充分准备。

当年,钱春燕的爱人同样为了生计在异地工作生活,两人常年不在一起。年轻夫妻长期两地分居显然不是好事。2006年1月,夫妻俩一起回到重庆,在解放碑开了店,经营个体生意,勉力维持。2007年,钱春燕接到父亲打来的电话,问她愿不愿意回上桥村当"社区干部",父亲给出的理由是"稳定",最重要的是,"老了的话,每个月有退休金,跟城里职工一样"。"社区干部"是居民选举产生的,钱春燕虽然是土生土长,但高中毕业之后便一直漂泊在外,乡里乡情逐渐淡漠。那一年她去应选,结果并没有选上,只是被聘了个"社保员"。直到她逐渐与乡亲们恢复熟络,大家才发觉这个跟小时候一样热情活络的姑娘并没有变样,她是可以为大家做许多事的。

"2011年,我通过了选举,成为居委会委员,也就是父亲口中所谓的'社区干部'。"社区的事情并不比外面简单,钱春燕摸爬滚打了好几年,经历过"第六次全国人口普查"等大事件,还考取了"社工师"资格证。2015年8月,她担任了新凤社区党委副书记,2017年5月调任新鸣社区副书记。

"入编"难题

我一直好奇于高挑漂亮的陈萍为什么会当社区退役军人支部的书记,她与军人有什么关联吗?直到在后来的访谈中才知道,陈萍原是个从江苏远嫁到重庆的军嫂。没有想到,说一口地道"西南官话"的她,本来操一口"吴侬软语"。

当年,她与一位驻守在重庆某区县的兵哥哥相恋,为了爱情，甚至一意孤行辞掉事业编的工作，通过随军的方式来到重庆。虽然按照政策，陈萍原先在江苏是有编制的，在重庆随军，也应当得到一个带编制的正式岗位；但现实归现实，在重庆这样的直辖市，远嫁而来的军嫂很多，编制岗位的数量却十分有限。大部分军嫂，要不在家全职，要不做着一份临时工的活儿，钱很少，主要为了打发白天丈夫、孩子都不在家的空闲时光。万事有得有失，毕竟与心爱的人组成了家庭，陈萍觉得没有什么值得后悔，无论是在家里做家庭主妇还是出去当临时工，陈萍都做得心安理得。也正是经年接地气，见惯世间百态，2010年陈萍被选聘为新鸣社区工作人员，负责民政工作，奔忙在居民的各种困境难事中，才能始终以共情的姿态投入。听陈萍讲她经历的社区故事或者看她入户与居民对话，总能见其中细节，"社区里，好多人很艰难，也从没有对生活屈服"。

见到陈萍，她正坐在一楼大厅的值班室里，一见到我，便用顺溜儿的重庆话招呼我吃刚刚出锅的花卷，据说是一位受惠于社区有了一个临时岗位的困难居民做的，谨以此表达小小心意。

陈萍笑嘻嘻地告诉我，前些天她才刚满"6岁"，与病友们一起欢庆了"6岁"生日。

2014年，42岁的陈萍患上了乳腺癌，切除了一侧乳房。对于这种能对女性身心造成双重打击的恶疾，我再熟悉不过。我的母亲得这个病到如今也有14年了，手术、化疗、长年吃雌激素抑制药物，性格由开朗逐渐阴郁，成天抱怨连连，看东西都很消极，竟犹如换了一个人一般。

"不知道的人都看不出我得了这样的病，因为我看上去比正常人还要活泼还要好动。我想的是，经历大劫，既然老天还让你活着，就要好好生生地活，有意义地活。余生，我帮助一个居民解决一个困难，就多获得一份快乐和存在感。"陈萍说。

同样在酸甜苦辣中品味快乐的是程红，她已经在社区工作了 19 个年头。20 出头，程红就开始活跃在村委会。是的，那时所谓的"桥东社区"并不存在，处处是田园、农舍和池塘。桥东社区很新，2006 年 6 月 1 日才成立，是大学城片区征地拆迁后第一批安置性社区。

"我亲眼见证了家乡的沧桑变化。我熟悉这里的一切，我对社区的一草一木都充满感情。"

龙劲涛大学毕业就回到自己出生、长大的村子工作，完整地经历了直辖市的城市化进程，如今，早已改为城市户口、当上社区书记的他，还有当年村子里办的小厂拆迁后作为补偿的年分红，钱虽然少得可怜，却别具意味——它显现着一个人曾经的身份和来路。这些年，龙劲涛努力地想要考入编制内，彻底地拥有一个新身份，但这是困难的。重庆有政策，社区工作者入编，必须在 40 周岁以下；如果有 6 年以上社区工作经历，可以去考事业编；如果还担任过 3 年以上社区领导岗位——党委书记、居委会主任这样的，则可以考公务员编制。但不管怎样，逢"进"必考。"入编"考核颇具难度，龙劲涛先后参加了 4 次，都以失败告终。

"2020 年还考吗？"我问他。

"不考了，年龄到了。"他回答。

对社区工作者来说，"入编"肯定是最佳选择，因为没有编制的他们，其实和社会上的许多企业"临聘"人员一样，档案大多搁在人才市场,甚或在自己手上——这也带来一些问题,早前某街道发现有不良记录或前科的人成为社区工作者,并且按照他的前科,其实是不胜任这项工作的;有的从事党务工作,但并不能确定他是不是真正的党员,因为他的入党材料是不全的。前些年,社区工作者到了退休年龄,还必须自己跑手续办退休,因为缴纳的养老金额度低,大多数人每个月只有2000多元养老金。在养老金"双轨制"的当下,优劣自然立见。

老兵变轨记

当然,还有极少数社区工作者,比如军队自主择业转业干部刘德军,他有国家对退役军人的一份生活保障,可以算得上衣食无忧。那么他从事社区服务,纯粹就是为了"做点事",或者"被人需要"。

当年,刘德军开始与社区打交道,是因为女儿刘洁的假期实习。

刘洁大学念的是社工专业,但这并不是她的第一志愿,因为刘德军一家当时并不知道这个专业的具体情况,这只是第一志愿失利之后服从调配的结果。社工专业假期实习是在社区。因为过去将近30年在甘肃酒泉服役,与社会脱节太久,转业后迟迟无法与社会融合,因此,刘德军做"寓公"数年。因为女儿的事紧,只好硬着头皮去给女儿联系实习单位。将近45岁的刘德军多年不与社会接触,甚至跟社区工作人员咨询对话都紧张得磕磕巴巴。他跑了几个社区，别人都没同意刘洁的实习申请。最后，他摸索到了藏在"铺面"里的新鸣社区居委会，性格爽朗的社区党委书记罗强敬重退役军人，也希望年轻人多多了解社区工作——因为"麻雀虽小，五脏俱全"。罗强一口应承了刘德军的请求，答应让刘洁留在社区实习。若干年后，大学毕业的刘洁在另一个社区正式参加工作，做的是退役军人服务，这是后话。

那时，就一刻钟的谈话时间，刘德军眼见罗强处理了若干事项，城管、清洁工、助残员、交通文明劝导员还有片儿警，形形色色，进出于深藏"铺面"的社区居委会——这里是街巷管理的中枢。一个老婆婆赶过来答谢居委会，她那个三十出头身强力壮却因为聋哑一直待业的儿子在社区帮助下，终于在电子厂的流水线上找到了一份工作。她做了一些肉粽，一一分送给社区工作人员。

"原来这里可以做好多有意思的事儿。"刘德军想。心里有块地方又有点热乎乎的，久违的某种东西开始蠢蠢欲动。此后，刘德军似乎从冬眠中苏醒，他开始主动联系战友，关心战友们的地方生活——好几个战友通过几年的基层锻炼已经提拔。闲来无事，刘德军也常常去新鸣社区转转，顺便给忙碌中的社区工作人员搭把手。地方上的事情也没想象中那么可怕呀！

2011年春天，覃家岗街道首次面向社会公开招聘社区工作人员，每个社区都张贴着招聘启事。刘德军和一大群人——主要是20多岁的年轻人，围观着招聘启事。看着看着，刘德军渐渐锁定了"党务工作者"这个岗位。一如年轻时那般，他依然容易兴奋激动。"这个岗位我想去试试!"话一出口,旁边人便纷纷看向他,目光如刺。

刘德军扭过头看看四周,是呀,围观的十来号人也就他看上去年纪最大,其他人一看就是80后。他的心猛跳几下,又渐渐平静下来,试试吧,怕什么?

他报了名。报名表显示,他属于年纪"第二大"的。招聘考试有三项:笔试、计算机考核、面试。笔试考"党务基本知识"和"公文写作",他拿着党章和支部工作条例狠狠背了两周,且原本在部队做行政工作时就常常写材料,这一关也就顺利过了。计算机他一窍不通,平素只会敲敲字,虽然在部队做过计算机室副主任,可也就是给高级知识分子做做服务,自己并没有什么专业素养。女儿买来计算机初级教程,他在家里的台式机上下功夫练习,可惜到考场,他跟前摆的是一台笔记本电脑,按键位置和台式机很不一样。他一下子慌了手脚,胡乱地答了几道题就结束了。至于面试,大家私底下认为考官问的问题越多,说明对方对你这个考生越感兴趣。轮到刘德军上场,考官却只问了他一个问题,就让他出去了。回家,妻子和女儿赶紧问他考试情况,他一屁股坐进沙发里,摇摇头:哎,准备好继续做"寓公"吧!

几天后,刘德军居然接到了通知体检的电话。招聘考试竟然通过了!后来,他才知道,他的笔试和面试都列到第一,就是计算机考了个零分,街道上的领导一商量:嘿,这可是个部队出来的副团职干部,军队干部还是踏实肯干的,要不,咱们给他个机会试试?和招聘考试一样,入职体检并非一帆风顺。大的毛病没有,就是脂肪肝、肾结石之类小问题一堆。哎,人家 40 多岁的中年人，零件有点小毛病只要不影响运转就好，同样是街道领导对退役军人的看重和善意。原来，地方对于退役军人始终保有一份敬重和信任。

公开招聘来的社区干部要由街道统一分配。刘德军一心想着去新鸣社区，让罗强书记带着做事，但最终被分到他并不熟悉的上桥村。他道听途说了一个消息，上桥村党委书记和自己住在同一个小区。那敢情好呀，以后肯定很熟络，刘德军有些窃喜。接下来的 3 个月实习我肯定能顺利通过并留下来。

去上桥村的第一个星期，领导让刘德军先熟悉情况，"看着别人忙得脚不沾地，自己却不知道从何下手，想插进去帮帮忙，也不知道该从哪里插进去"。好几天，从前在部队"眼中出活"的刘德军在村委会办公室里如坐针毡，他不敢直视那些动如脱兔的同事们，只好拿起上桥村的基本情况、办事流程和党员名册专注地看，倒不仅仅是为了掩饰自己的不安，他是在认认真真一字一词地背诵。

一个星期后，刘德军终于分配到了具体工作，有好几项：拆迁、森林防火救火以及抗旱的组织协调。

那段时间因为拆迁补偿款的问题，村民的对立情绪很重，不少前去做调解的村委会工作人员都挨了打。刘德军个头壮实，气场稳重，不卑不亢地走过去拍拍正打算操起凳子耍横的汉子，一口标准又温和的普通话："大哥，别生气，有事儿咱们坐下来好好商量，行吗？"跟着递上去一瓶矿泉水。这场景，哪还闹得起来？肯定熄火了。横汉子把凳子搁地上然后坐下，刘德军蹲在一旁跟他拉家常，然后掏出小本子把村民的诉求一一记录下来，回头再来拉扯折中的解决办法。

——森林防火救火,他坚持每天巡山,三个月共救了五场火。

——抗旱,他跟着村民挑着水跑颠在田间地头,歇口气,又给几户残疾人家送水。

3个月实习期满,刘德军评了个全优,正乐着,却接到意想不到的通知。上桥村党委书记不愿意留下他,理由很是爽利:我们需要的是写作能力强的党务工作者,不建议此人留在上桥村工作。刘德军很委屈:是你们分配我做跑跑颠颠的事务,根本就没有机会展现写作才能呀!虽然上桥村不留,但刘德军三个月实习期的突出表现引起了街道的重视,2011年10月,覃家岗街道党委将他放到新立社区,第二年的1月,他又当上了社区党委副书记。"那一年,我结合基层工作认真思考,先后上了160多篇简报和文章,在整个街道排名第一。"

新立社区有许多"农转非"的党员,哪怕户口落到城市已没有土地,却依然保持着过去在乡下劳作时的生活习惯,不少人在新立菜场还租着摊位售卖从盘溪批发来的蔬菜瓜果。这些闲不下来的"农转非"党员的组织生活都在大清早。"他们通常早上7点半之前就到达会场,发言都带着浓浓烟火气。他们能用朴素的小故事告诉我社区里的新气象,我得向他们多多学习讨教。"向群众学习就得比群众起得更早,直到现在,刘德军都保持着6点钟起床,7点过就出门的习惯。

"也是在新立社区,我学到了社区工作的真谛,那就是'本职工作业余干,上班时间与群众在一起'。"每天的家访及与居民面对面宣讲政策,会占去一大半的工作时间,时值"创建全国文明城区",刘德军挨家挨户做工作,连让居民将搁在公共空间的一个花盆拿回屋里,他都要对方口服心服。午休及下班时间,刘德军在电脑上迅疾码字,撰写需要向上级报送的各类材料,"在社区,我是被居民们所需要的"。

"那个时候,我并不清楚什么叫'自主择业转业干部',也不知道他这样从部队出来,有没有生活保障。只是想着一个40多岁的副团级领导回到地方从头干起,当个跑腿的,也不知道能不能低下身段。不过,那天见他端碗素面蹲着跟老百姓摆谈的模样,我就知道他肯定能坚持下去。"刘德军现在的同事、在上桥村就相识的钱春燕说。

脱掉军装六年后,刘德军终于鼓起勇气,一点点融入社区,融入社会,并再次意气勃发,人生进入了一条崭新的轨道。

别上党徽的"热心居民"

在写到73岁的朱代蓉的时候,我有些犹豫,因为我不知道这位老阿姨究竟应该归入热心居民还是算成社区工作者。

如果按热心居民论,朱阿姨做的很多事情已经超出了一个社区居民的志愿服务规格,比如,几个社区干部带头"创卫",拿着大扫帚打扫街沿,与之相对应,不远处的"美食一条街"上,朱阿姨拿着钢丝球、洗涤剂,使劲擦拭店铺门口放着的足有一人高的蓝色塑料垃圾桶——可不是擦一个,是擦一溜儿,一排六个,按照要求,每个的桶沿和外壁都得擦得亮光光的。过路的小贩见了觉得好奇:"哟,阿姨,大日头底下干这个活儿可辛苦！谁让你过来干的？给你多少钱呀？""没有钱，我分文不取！"朱阿姨摆摆手，那个小贩翻翻白眼离开了。再比如，因为流动人员多，华彩菜市场的厕所清洁总是不达标，平时大伙儿反映多，检查的时候也老掉链子，成了社区保洁的"重灾区"。听见有人议论，朱代蓉就坐不住，主动跑去打扫，大半天时间，硬整出个"五星级厕所"来。这下子逢厕所清洁搞不定，人家就跑来找朱阿姨："阿姨，帮帮忙！""要得！"要是找不见人，来人还拜托社区联系她。

我第一次听华彩菜市场的人说起朱阿姨义务劳动、无偿帮忙的事情，多多少少感觉到有种"占人家老阿姨便宜"的味道。但朱代蓉自己云淡风轻对我讲："没关系啦，我身体很好，干点活也是权当锻炼。"我心头那点幽暗的猜测又立时烟消云散。朱阿姨做的很多事情都与社区日常工作紧密相关。况且，她从2016年就开始给社区党委写"入党申请书"，2019年终于在社区入党。据说，别上党徽的那一刻，朱阿姨激动得直掉泪。

如果说朱阿姨不能算作社区工作者，因为她并没有被正式选聘，那么社区里还有不少党支部书记和楼栋长也不是正式选聘的坐在居委会小楼里办公的社区工作者，若把他们除开，那社区的力量就太薄弱了。就算是社区工作者的"辅系列"吧，我要把朱阿姨写进来。

朱阿姨早前并不是这个辖区的居民，她之前住在渝中区化龙桥，2007年，因为那个地块的整体拆迁，才拿着补偿款在沙坪坝买了一套房子。往前回溯，20世纪七八十年代的渝中区有许多国企招待所，朱阿姨就是一位招待所服务员。

"我最开始在国营理发室，后来去的招待所。那个招待所，外面看起来有了年头，破破烂烂的，里面被我收拾得干干净净，就连卫生间也比一般大宾馆的房间还干净。客人来了，我先帮他把换下来的衣服拿去洗了，然后给他理个发，他再去洗澡。一切宾至如归。"朱阿姨告诉我，年轻时她就觉得闲着是遭罪，"我一直就是个闲不下来的人。"

搬到新小区，闲不下来的朱阿姨发现小区楼下有一家生意极好的包子铺，是个夫妻店，尤其是早上七八点的高峰时段，铺里的两个人忙都忙不过来。常常是着急上班、上学的顾客在一旁等着包子递出来，满嘴抱怨，还跺脚；老板娘忙着找补某人的零钱，老板一边道歉一边更换一个顾客点的豆浆——哎呀，他要的是黑米豆浆，一忙就拿成了红枣豆浆！现场兵荒马乱。朱阿姨在一旁看着看着，就上前了，来，都是街坊邻居，我来给你们帮忙！本来，大家都住在这一片儿很面熟。所以，那对夫妻对自告奋勇前来帮忙的老阿姨没有太多戒心，再说，确实也忙。熬过最恼火的一阵子，夫妻俩要拿钱感谢朱阿姨，却被朱阿姨一口回绝了："别啊，我就是看你们忙不过来，前来帮忙的，街坊邻居，这样就见外啦！"就这样，朱阿姨一连给那包子铺帮了10天忙，分文不取。改日，朱阿姨自己买包子吃的时候，不顾夫妻俩的殷勤，坚决按标价付钱。不仅仅是包子铺，社区里街边的小馆中午忙不过来，朱阿姨也会上去帮着店主收碗刷碗，同样分文不取。在路上，遇见80多岁的老婆婆要找几百米开外的老年公寓，朱阿姨自自然然地笑着，上去牵老婆婆的手，带着她过去，还一路哼着歌。

这样的朱阿姨，自然能成社区的骨干，但也不是人人都说她好。她的几个同龄人一说到她，就迭声"那老太婆脑子有问题"：哎哟，你退休国家给了你好多钱嘛？你还蹦头里发光发热。再说，你自己头上的虱子还没理干净哩——屋里两个残疾人，老头儿和娃儿都是，一个常年要人照顾，一个长期住院。

朱阿姨告诉我，她家老头儿从年轻时脊柱就不好，背弯得像一张弓，好在照顾他这么多年下来，也就渐渐摸出规律，再说老头儿很多事情坚持自己做，这样空闲出来的时间其实也蛮多了；至于住进精神卫生中心的儿子，情况特殊并不需要陪护。总之，家里人是支持她空余时间活跃在社区的。

也有人说她凡事管得太宽、爱较真，这就有些讨人嫌了。

前几年"创卫"，社区招了一批志愿者保持环境清洁，因为任务艰巨，每个志愿者每个月有上面拨下来的2000元"辛苦费"。所以，这样的志愿者，当时很多人报名参加，包括一些"农转非"居民和区县籍居民。从重庆图书馆到某住宅小区将近一公里，社区安排了28位志愿者，朱阿姨负责协调管理。

"那天，我沿路一边走一边捡垃圾，顺便看看大家的工作情况，结果发现一个志愿者一直靠着一棵树看棒棒们打牌。我反反复复提醒她，她也没听，还从嘴里冒出不好听的话。看她一直这样，我气不过，就把情况反映给了社区，社区立马就把这个志愿者开除了。这个人气冲冲地出门，刚好撞见我，'啪'，一口痰直接吐在我的脸上。"朱阿姨说。她说她也自我反思过，有没有必要去"告别人的密"，但终究觉得，遇到这些事还是忍不住，个性使然。

还有一次，因为突如其来的检查，临时加大工作量，一对志愿者夫妻便在现场直接给朱代蓉打电话，在电话里用脏话骂人。到了社区，这对夫妻一个唱红脸一个唱白脸，演起了苦情戏码，把所有过错都推到朱阿姨身上。对于这些委屈，朱阿姨只是一笑而过。

"有人说你好，有人说你不好，有人理解你，有人不理解你，这都很正常。看见我在马路边打扫，树荫底下打牌的人专门往地上扔烟头，说是'给你们创造工作机会，不然你们白拿钱'；看见我这么大年纪，还在拿铲子蘸水，一点一点清除电线杆上的'牛皮癣'，路过的妈妈教育自己孩子不要乱扔垃圾，老人家不容易。所以，要始终保持一颗平常心，老来尽心随性就好。"朱阿姨说。

第六章

"老漂族"以及相关话题

为人父母的情义

"老漂族"是什么？在社区采访，我问到许多人，包括社区工作者，知晓其义的并不多。

其实这个词可以顾名思义一下，那就是漂泊在异乡的老年人。

不同于以往的时代，"漂"在异乡的老年人，绝大多数不是为了自己的生存生计，而是出于为人父母的情义——他们离开家乡给儿女帮忙，帮着他们带孩子，尤其是在当下全面放开二孩的大背景下。

"老漂族"——国家卫生健康委员会最先如此称呼这些给儿女帮忙的随迁老人。

社区里，给儿女帮忙的随迁老人有很多。国家卫生健康委员会2018年发布的数据显示，中国现有随迁老人近1800万，占全国2.47亿流动人口的7.2%，其中专程来照顾晚辈的比例高达43%。城市"老漂族"不断壮大是中国人口城市化水平不断提高的结果，也带有城乡二元结构和户籍区隔的特点，同时反映出中国家庭养老模式的合理性和隔代育幼的现实性。不可忽视的是，老人与子女共同生活，一方面可以有效整合家庭资源，共同应对养老和育幼的双重挑战，另一方面，当"随迁老人"面临不适应、连根拔起的新生活时，家族成员之间的摩擦和冲突可能加剧，新问题随之一一发生，"随迁老人"的养老、身心健康等皆值得关注。

与"老漂族"问题遥相呼应的是生育率。

2019年在喧嚣繁忙中刚刚过半，《2019中国生育报告》便新鲜出炉，核心要义是这样一句话：我们呼吁应立即全面放开并鼓励生育，让更多的人想生、敢生。

人口即红利。

"人是经济社会发展的基本要素和动力。由于计划生育政策长期实行，中国人口危机渐行渐近带来的经济社会问题日益严峻。近年，出生人口大幅减少，生育意愿大幅降低，育龄妇女规模已见顶下滑，人口老龄化加速到来……"

报告指出："2018年出生人口降至1523万，全面二孩政策不及预期生育堆积效应。2018年出生人口为1523万，较2017年大幅下降200万，创1949年以来除1960—1961年自然灾害时期外的新低；2018年出生率降至10.94‰，创1949年以来新低；总和生育率降至1.52，即一个育龄妇女平均生育1.52个孩子。2016年'全面二孩'政策实行以来，出生人口攀升至2016年的1786万，然后连续两年下滑，政策效应明显消退。"

关于为什么不生，报告将之归结为两个根本原因：一是生育基础削弱，二是生育成本约束。晚婚晚育、单身丁克、不孕不育等削弱生育基础。而住房、教育、医疗等直接成本、养老负担、机会成本高抑制生育行为"生得起、养不起"。其中，房价快速攀升，2004—2017年房贷收入比从17%增至44%，教育成本明显攀升，特别是公立幼儿园供给严重不足，1997—2017年中国公立幼儿园在读人数比例从95%降至44%，医疗费用持续上升，1995—2017年居民医疗保健支出上涨22.4倍。"四二一"家庭结构养老负担重，挤压生育意愿。女性劳动参与率高但就业权益保障不够，导致生育的机会成本高。

在沙坪坝区，33岁的某单位经济适用房小区居民李羽闲暇时在朋友圈翻到了这个报告，觉得有意思，顺手转发，并且抽空细细看了一遍。"调查数据很详尽，部分观点挺有道理。"李羽说。但他对"'四二一'家庭结构养老负担重，挤压生育意愿"这样的观点有自己的看法。

"在城市里，从单位退休的父母都有退休金，有的甚至还能在经济上支持自己唯一的儿女。年轻人生养'二胎'最大的顾虑，主要还是带孩子的各种成本太高，尤其是人力成本，'谁来带孩子'的问题很突出。"李羽说。

不像在私企工作的朋友——如果说做高管的妻子怀孕生子，产假期间，不仅原先年薪二三十万的职位不保，就连工作也岌岌可危，随时面临失业的危险，家里可能因为生育计划塌掉半边天，李羽与爱人都在政府下辖的事业单位工作，属于"体制内"。两人"一切加完"的月收入接近三万，且几年前就有车有房，在重庆这样的"准一线"城市，这种经济状况还算不错。李羽有两个孩子，大的男孩7岁，小的女孩2岁。儿女双全，在外人眼中堪称完美。

但事实上，小女孩的到来绝对是一个意外。在经历过四处找人求人花钱送儿子进一家知名连锁幼儿园的折腾后，夫妻俩已深感养个孩子不易。看见别人把刚满3岁的孩子送进每学期学费将近一万的美语启蒙学校，李羽也咬咬牙把自己的儿子送进去——知道跟风不科学，但不跟风你晚上又忧心得没法睡着觉。所以，一个孩子已经够折腾了，绝不能要第二个，即使几年前"二孩"全面放开，熟人朋友纷纷行动，看似"最具备条件"的李羽夫妻也依旧坚持自己的想法。可家里的老人们却一直希望夫妻俩再要一个孩子，口口声声说他们还"帮得动"。推拉之间，直到一次避孕失败，"二孩"不请自来。

"好歹是条命，或许天意如此。"刚检出怀孕，李羽的母亲这样劝说儿子。李羽是家中的独生子，从小耳闻自己60年代的父母对"二孩"的渴望。直到现在，他与父母闹别扭的时候，母亲都会抱怨说："瞧你这个样，要是我还有个孩子，哪里非得指着你？"

"老人一直鼓励我们生'二胎'。有句话很打动人——两个孩子将来好互相照应。"

老人到底是体贴的。从大孩子出生开始，李羽和爱人的父母，两家老人开始轮换着带孩子。李羽的爱人本就是地道的重庆人，所以她的父母早上8点坐公交车来，晚上7点再坐公交车回自己的家；而李羽父母则每隔两个月从忠县老家过来帮忙一个月。一切很好，直到"二孩"3个月大的时候，李羽爱人的父亲突然脑梗，母亲必须照顾半身瘫痪的病人而无暇顾及其他，李羽父母便彻底离开家乡长住重庆主城，帮忙带两个外孙。

"几年下来，看得出我爸妈在主城并不快乐，也不完全适应。他们很像被连根拔起的树。他们记性很差，现下的很多事情都想不起来，可是老家的很多细节却一清二楚，比如，屋前的三棵柑橘树什么时候开花什么时候挂果，装果子的竹篮挂在灶台对面的墙上……我不忍心劳累年事越来越高的父母，如果这个成为要'二胎'的代价的话。可是，单靠我们夫妻照顾两个孩子根本不行，尤其是还没'入托'的小孩子。我们的工作需要常常加班出差，如果没人帮忙照看，必须得有一个人辞职；

如果请保姆，最低价位4000元且管吃住，对工薪阶层来说是一笔不小的开支，且不说能否同时照顾好两个孩子。有的保姆素质堪忧，可能对孩子身心健康造成负面影响。"李羽说。

李羽的父亲近来返回老家处理自建房管道老旧漏水的问题，爱人这段时间频频出差。李羽5点半下班，就要立刻卡点回家，因为儿子的奥数题和英语作业是留在家长手机APP上的，赶着做晚饭的李羽母亲不会用智能手机。路过"幼儿启蒙园"，李羽顺便接每天下午在这里学两个小时的小女儿。

儿子放学通常是下午4点半，一般由李羽母亲坐两站地的公交车去接。就在上午，李羽还特意交代母亲，要教儿子学着坐公交车，学着单独过马路，后面要试着让儿子自己回家，毕竟他们班上已经有几个同学能自己坐车来回了。

"老人每天买菜、接孩子，到处东奔西走还是怕出意外。"李羽母亲有严重的骨质疏松，医生甚至说过，只要她跌一小跤，就可能骨折。但前来给儿子帮忙的老人是坐不住的。秋季多雨，某小超市附近的路面很湿滑，为了在那里买到打折的鲜肉鲜鱼，老太太还是小心翼翼地踩着盲道撑着伞前行。为了抢时间，老太太时常牵着孙子一路小跑越过马路，他们踩的又并非人行横道线，"两边没有车，不怕的！"老太太总是这样说。这一切，令李羽很担心。

李羽的担心是有道理的。在某个社区，一个老人带着才1岁的外孙女横穿马路，被一辆飞驰而来的货车撞飞，婆孙俩都受了重伤，所幸保住了性命，但外孙女因为伤及颅脑落下了终身残疾。孩子如今已经10岁了，念了小学，可走路时一侧身体不听使唤，像个脑瘫儿一般，年事已高的外婆则像个罪人一样,成天颠着脚步跟在孩子身后招呼着——外婆来自外地农村,因为这个孩子数年间归不得乡。为了治孩子,父母拿出了全部身家,连铺面也卖掉了,现在夫妻二人双双在外打工,拿着微薄的"困难职工补助"。

"国家放开生育或者说是鼓励生育,就应该再设计点配套的优惠政策,关于生育补贴或者教育补贴。毕竟,现在多养一个孩子,早已不是几十年前添双筷子添只碗那么简单。"黄洁与"回迁房"小区的几个"二胎妈妈"也议论着《2019 中国生育报告》。

黄洁在一所私立小学任教,丈夫长年在外工作,每年回家的时间加起来不到三个月。"二孩"是她和丈夫经过反复思考后的决定,既有从众的因素,更有对未来的期许:"虽然知道养育孩子的艰辛,但毕竟从长远看,多个子女还是有益的。"

黄洁丈夫的父母已经年近八旬,年老多病,没有能力帮着带孙子。黄洁的第一个孩子,从生下来开始,就是自己的母亲黄妈妈一手一脚带大的。算来,黄妈妈背井离乡有十年了,而黄爸爸坚持留在老家涪陵。他一直是个逍遥派,退休以后就喜欢自在玩耍,喜欢钓鱼养花,自己也能弄些简单的吃食,偶尔与三五好友出去旅游。过去的十年,黄爸爸每隔一个月来重庆主城一次,探望老伴和女儿及外孙,带来他亲手钓的鲜鱼。"二孩"落地后,黄爸爸依然不愿意因为小娃娃受拘束,所以,两个孩子依然是黄妈妈一个人帮着带。亲家那边也晓得一个 60 多岁的老人带两个娃娃不容易。亲家有 3 个儿女,黄洁丈夫是最小的,所以大姑子从单位内退后,白天会过来帮着带小的,喂奶瓶换换尿布逗着玩,直到小孩子满半岁。

"女儿工作忙,我白天帮她看孩子,晚上跟周末她都坚持自己带。夜深,给大孩子辅导完功课,她又带着小孩子睡觉,中间还要把奶,挺不容易的。她休息的时候,就自己开车去菜市买足三天的量放冰箱。"黄妈妈在邻居面前心疼自己的女儿,讲述女儿的不易和体贴。可邻居们看见的却是,这个老大姐原本是个讲究人,过去出门脸上都化着淡妆,衣服样式和面料也讲究。因为要带出生不久的"二孩",在生活陷于打仗般繁忙的同时,人也显而易见变粗糙了:剪裁得体的淡雅改良旗袍换成了宽体适于活动且不易脏的深色衣裤;细瞧那双推着婴儿车或超市购物车的手,可以看出先前曾在美甲店做过的精致指甲,现在已经磨砺得斑驳不清;从发根处开始灰白的卷发,粗粗挽成发髻,在脑后用根塑料簪子随意别着。

"黄老师的妈妈现在太辛苦了。"邻居们认为。

生活,冷暖自知,有苦有乐。

早上5点半,黄妈妈起床,轻轻推开房门,简单洗漱之后,去厨房做早餐。头一天晚上,黄妈妈已经问清楚女儿和念小学五年级的大外孙女一早要吃什么。这是12月份,天还没亮,厨房里,淡黄的灯光,热气升腾,她静悄悄地蒸包子、煮粥、烧开水。漂泊异乡的十年间,黄妈妈已经从"做菜马马虎虎"变成了"无所不能",馒头自己做,花卷自己做,包子也能自己做,这在川渝家庭妇女中是少见的。尤其是包子,虽然做馅颇有些麻烦,但还是要自己动手,几个月来猪肉价格居高不下,她怀疑外面卖的包子里的肉不够让人放心。当然,厨房里的一切动静都尽可能轻声,以免吵醒昨夜做奥数题和英语作业到11点半的大外孙女,还有断断续续起夜的女儿。准备好早餐，黄妈妈开始等待她们起床。黄洁是有毅力的，身为班主任，或许昨夜因为给小女儿喂奶把尿或者盖被子只睡了四五个钟头，但一定会在清早的6点20分准时出现在餐桌旁。大外孙女有时候会赖床，黄妈妈心疼她学习辛苦，不到可以赖床的最后一分钟，绝不会上去催她。这天快7点了还没见大外孙女有动静，黄妈妈便开门进去叫醒她。匆匆吃过早餐，黄洁塞上一盒纯牛奶给大女儿，便拉着她飞跑出了门。黄洁需要开车跑四站地送大女儿上学，方便的是，黄洁也在这个学校工作。这是私立小学给教职员工的一项福利——孩子可以以最优惠价格入校读书。大女儿还有一年就要考学了，如果按照她平时成绩发挥正常的话，完全可以升上一个好初中，这样又可以免去好多操心劳神。

送走女儿和大外孙女，黄妈妈才正式开启她忙碌的一天。

照顾不到1岁的小外孙女玲子起床，喂早餐。早上蒸包子的时候在水里煮一个鸡蛋，剥开鸡蛋壳，去掉蛋白，取出蛋黄用小勺子一勺勺刮给玲子吃。有高中文化的黄妈妈从婴幼儿保健杂志上了解到，蛋黄营养好，1岁以下的宝宝不适宜吃蛋白。

喂完早餐，立马打扫卫生。100多平米的房子，两室一厅，黄妈妈爱清洁，看不得一点脏污，房间每天都要打扫一遍，必须先扫后拖。此外还要擦桌椅、洗衣服，小孩儿的衣服得格外分出来洗。看到母亲那么细致，黄洁曾经想要再买一个小型洗衣机专门洗小孩衣服，以降低母亲的辛苦程度，但是这个提议被母亲坚决拒绝了："不要乱花钱，以后两个孩子用钱的地方多得很。"冬天，黄洁做事怕冷水，黄妈妈却全用冷水，只是戴双橡皮手套。因为放热水要老半天，太费水了，而且又添了燃气费。做家务时，黄妈妈常常把玲子放在客厅的沙发上。玲子不会走路，在沙发上爬来爬去，有时候不乐意一个人坐着就大哭。黄妈妈就用背带背着她打扫卫生。伏在黄妈妈背上，玲子不哭了，但背着一个16斤重的婴儿做一个多小时家务活也够吃劲。何况玲子总是不安稳地在她背上动来动去。

10点左右带玲子出门。黄妈妈觉得，小孩总是闷在家里，长大了不聪明。散步的地方大多在小区里面。也许是婴儿车坐腻了，这次玲子一坐上去就大哭。黄妈妈抱起玲子，一手兜着她，一手指着周围的景物给她介绍，这是树，这是小湖，那是金鱼……黄洁叮嘱过母亲，一有机会就给小孩儿启蒙。玲子虽然不会说话，但她会顺着黄妈妈指的方向低头，盯着池子里游动的金鱼咯咯笑。玲子是个性子倔的宝宝：有时黄妈妈走累了，一坐下，玲子就大哭抗议，非要继续逛；有时连续几天逛小区，玲子腻了也会大哭，黄妈妈便带她到小区外逛一圈，不会去太远的地方，半个小时以内就会回来。

午饭，女儿和大外孙女都不回家，黄妈妈简单准备自己的饭菜，通常是热热昨晚的剩菜剩饭。黄妈妈吃饭很快，只要15分钟，后续省下的时间要喂玲子。

给玲子喂米糊，黄妈妈得事先准备一卷纸巾，小淘气吃着吃着就用手指把嘴里的东西抠出来，甩到地上，黏糊糊的。黄妈妈要马上把它擦掉，不然很容易粘到身上。喂饭真的是件麻烦事。有时候玲子不肯吃饭，又哭又闹。气得黄妈妈没辙，她就放下碗，瞪着玲子不说话，大多时候这招都奏效。但有时玲子会回瞪黄妈妈，就是不吃，还哭个不停。每到这时，黄妈妈干脆站起来说："你再这样，外婆走，不要你。"这下玲子乖乖就范。好不容易喂完饭，哄了玲子午休，黄妈妈开始在缝纫机上改一条裤子的裤脚，这是她前些天在网上给老伴买的休闲裤，颜色、面料都不错，就是裤脚长了点。半个月前老伴过来看她们，她发觉老伴身上那条旧裤子膝盖和臀部都磨花了，是该添置新的了。改完裤子，她还要把乡下亲戚带来的折耳根叶子拿到阳台上风干，过几天让女儿寄给女婿。女婿好吃这一口。

这天下午6点，女儿带着上完奥数补习班的大外孙女回来了。"婆婆，有吃的吗？"小女孩儿进门就喊。黄妈妈拿出早就准备好的锅贴给大外孙女"打尖"，然后准备炒最后两个菜，晚饭就要上桌了。

与黄妈妈在同一个小区的张老师家，晚饭也要上桌了。周五的晚饭有五个菜一个汤，包括两个"大荤"，很是丰盛——念高中住校的大孙子要回来，儿子儿媳带着小孙子也要回来。75岁的张老师和妻子都是高级知识分子，退休后的生活却一点也不轻松。夫妻俩从四川到重庆帮儿子带孩子，已经将近10年了。这套"回迁房"是老两口出钱让儿子从一个拆迁户手头买的。当年儿子离婚，直接把读小学的大孙子交到老两口手上，然后就很少管孩子的事情。大孙子成绩不好，连读个高中都是老两口四处去跑学校："是呀，我们人生地不熟的，但为了孙子也是扯下老脸不要，四处问四处求人。"后来，儿子再婚，生了小孙子，又在老两口全力支援下在渝北区另购了一套商品房，"这下两边离得很远，开车快一个小时"。饶是这样，小孙子周末两天时间也放在老两口那里。通常在周五，儿子一家三口过来，吃完晚饭就把小孙子留在这里，周日晚上再接回去。与黄妈妈不同，张老师夫妻俩都是病人。张老师的爱人几年前得了肝癌，幸而发现得早，治疗后恢复得不错，而张老师自己早年也曾因为严重的胃病做过手术，如今只能少吃多餐，午饭和晚饭都只吃几口饭，夹几筷子菜，一米七五的个头才 90 斤重。

也就在 2019 年，有一项国际调查反映了各国母亲们一天的安排。从调查中可以看出，日本母亲们在下午 5 点左右下班后，需要独立完成接孩子出幼儿园、回家做家务、育儿等一系列工作，日本的父亲们一般要上班或应酬到晚上 9 点左右回家，此时孩子们大多已经就寝。母亲几乎独立完成全部育儿任务，负担相当沉重。而受经济水平和特殊宗教文化的影响，印尼母亲们的工作时间短得多，其育儿过程可以得到邻居和社区的协作，最为轻松地完成育儿过程。芬兰由于强调男女平等和福利社会，父母在下午 4 点左右下班后，会协作进行育儿，有了丈夫的分担，母亲们的工作变得容易得多。最为有趣的是处于经济高速增长期的中国家庭，调查发现，尽管中国在职妈妈的工作并不轻松，但双方的上一辈（祖父母与外祖父母）分担了育儿相当大的压力，很多中国城市家庭的祖父母和外祖父母们主动承担了接送孩子上学放学，并在父母下班前带孩子的任务，中国的在职母亲们只需要在下班后与丈夫一起分担育儿任务，压力相比日本更小——这或许解释了中国虽然处于社会转型时期，工薪阶层工作压力极大，"少子化"现象却较日本为轻的原因。

该调查还提及，目前中国祖父母一辈人大多成长于中国改革开放初期的经济高速增长时代，他们一方面受传统观念思想影响，乐于为下一辈付出，另一方面崇尚个人奋斗，类似于日本的"团块世代"。但日本的"团块世代"更多受欧美文化影响，家庭观念相对淡漠，不会承担替子女看孩子的任务。因而，中国目前这批祖父母们的存在，成为目前中国减缓"少子化"影响的重大因素。

冷暖自知

张开贵一家住在江北区观音桥商圈边缘，一个叫做"小苑"的老旧小区。相隔不到百米，这里的灰暗破落与城市核心商圈的繁华时尚形成鲜明对比。这一带隐藏着很多烟火气的百姓小食店，有的甚至连门面也没有，就是街边摆的几张桌子。饶是如此，也吸引了许多衣着光鲜的食客前来。从北城天街或者观音桥广场走过来，街景的变化，让人感觉时光在这里，仿若倒退了20年。

2011年，张开贵在这里买下了一个建面不足60平米的二手房，这是20世纪90年代初国企修的集资房，没有电梯，年近七旬的张开贵夫妇需要每天爬楼梯上下6层楼，气喘吁吁。"这里方便，要什么出门都买得着。"张开贵说。楼栋外面，就是自发形成的夜市，晚上两边都是游摊，几块钱的衬衣买得到，五金店才有的螺丝钉也买得着。

张开贵夫妇都是重庆开州区的人，早在20世纪80年代初就双双到重庆主城"奔生活"，做过棒棒也开过小面摊。这套位于"繁华掩藏的破败之地"的小房子,就是这对夫妇在一座大城市奋斗30余年之后,唯一的安身立命之所。虽然,区县乡间还立着一栋属于他们的两层小楼,却已荒废多年。当初,张开贵夫妇属于乡村"超生游击队"的一员,他们在1979年底生下大女儿,但这在农村是不够的——必须想方设法再生个儿子。他们是来重庆主城以后生下二胎的,运气很好是个儿子。"不能让小孩儿一直黑着没名没分,攒的钱全部当做罚金缴了,才给儿子在乡头上起户口。"张开贵回忆当年的场景,仍然心有余悸。缴完罚款,他和妻子女儿吃了很多个月的"白面条",只放一勺盐,但却始终保证每个星期有肉渣蒸鸡蛋给一岁多的儿子吃。后来,女儿早早嫁了,最宝贝的儿子读书也没有读出来,念了个职高,在一个房屋中介工作,儿媳则在一家大超市做收银员。如今,张开贵夫妇和儿子儿媳以及两个孙子一块儿挤在"小苑"的这个蜗居里。

"最近,左邻右舍倒很开心,因为这片马上要拆迁了,拆迁有拆迁费嘛。我们可高兴不起来,因为现在重庆房价算高的,拆迁费拿到手恐怕还得补个几万才买得到一套差不多大的房子。可是,我们手头真没钱啊,要紧着两个孙子供呀。"下午3点,"小苑"一个坐满老年人的茶馆热闹非凡,大伙儿都兴致勃勃地聊拆迁的事。夹在当中,张开贵一脸心事的模样颇有些与众不同。

张开贵的儿媳同儿子一样,出生于农村的多子女家庭。本来,生"二胎"在他这一代是没戏的。2011年实施"双独二孩"政策,2013年实施"单独二孩"政策,张开贵都心痒痒:啥时候能全部放开啊?毕竟只有一个小孩还是不稳当啊!所以,

2016年国家全面放开"二孩",张开贵的儿子儿媳便立刻要了"老二"。"老二"和"老大"一样,也是男孩。

"男娃娃小时候不好带,就爱生病。"张开贵说。

张开贵夫妇户口还在老家,也买了"新农合",但毕竟报销金额有限,在主城平时小病小痛就拿儿子的医保卡去药店开点药对付过去。可孙子就不行了,那两个孩子动辄就发高烧,非得去儿童医院看病打针吃药才压得下去,每个孩子每次进医院都得花费近千元。2018年春天,大孙子因为肺炎住了一个星期医院,直接用去了5000多元;大孙子才消停没多久,小孙子又因为急性支气管炎高烧住院。2018年年底,家里给两个孙子都买了"城乡居民医保",又从某商业保险公司那里买了"重大疾病险"。这样一来,仅是保险这块,两个孩子每年就要花费将近6000元。

"自从有了两个孙子,我们这一家好几年都没有存款。你算算,我们两个老的没有什么收入,儿子儿媳每个月加起来好的时候8000元左右,不好的话也就3000元上下,大孙子读小学,小孙子刚上幼儿园,正是花钱的时候,日常还有各种固定的支出。"张开贵叹息道。不过,他并不后悔,"人这辈子不就是奔着儿孙去的吗?!"

自从两个孙子渐大,白天都有了去处,为了补贴家用,张开贵夫妇又在老街街口推车子卖起了狼牙土豆、玉米棒、凉粉、凉面等小吃。"这一带摊子摆得多,社区跟城管时不时来打打招呼,也没有赶呀什么的,我们家的情况他们知根知底。"夫妇俩的游摊每天早上11点准时摆出来,晚上8点收摊。

与张开贵夫妇住在同一个小区的,也一直在给儿女帮忙的,还有薛大伯。

与张开贵一样,薛大伯也是 20 世纪 80 年代到主城讨生活的区县农民。薛大伯是有手艺的,他会用白铁皮做水桶、蒸笼之类,数年前商圈周围小饭店争相开业,这个手艺特别受欢迎。薛大伯在街上有一间十几平米的铺面,每天敲敲打打,硬是靠着手艺养活了一家老小。虽说薛大伯根子也在农村,妻子至今也是城市农村两头跑——农村有院子还有几分地,种了蔬菜又养有鸡鸭,多少可以省去城里的一些开销。2019 年下半年,猪肉涨价的那段时间,薛大伯家连续一个月没有买肉,吃的都是自家养的。

与张开贵不同,薛大伯很现实,"我一开始就反对儿子儿媳再生一个的"。在他看来,养一个孩子成本很高,特别是教育方面:"现在的孩子从幼儿园起,竞争就开始了,哪个不学几样技艺,什么美术、音乐、舞蹈之类的,读了小学还要额外学奥数、英语,哪样不花大价钱?不学?人家的孩子都学了,你还坐得住?一个孩子都养起费劲,还能养俩?"

薛大伯的儿子工作不稳定,儿媳几年前生第一个孩子时丢了饭碗,至今一直待业。所以,已经 66 岁的薛大伯依然是家里的"顶梁柱","帮衬着孩子,孙子的学费和补习费都是我一锤一锤挣来的"。若是在春夏,薛大伯裸着上身打蒸笼露出一身腱子肉,让人感觉很是精壮,可私底下他知道,自己已经撑出一身毛病了,腰肌劳损、间盘突出,每天早晨起床,腰背疼得直不起来,要一两个小时才缓得过来;夜里有时会喘不过气,活活憋醒。

前年年底，儿媳发现怀上"二胎"，薛大伯态度很坚定地要求她"立刻到医院去把孩子做掉"。不到三十的儿媳怎么也不肯，儿子站在媳妇一边，小两口都想要生"二孩"。没有这个条件还硬要往上凑！薛大伯大动肝火。家里为了能不能要"二孩"的问题争论了两个多月，直到儿媳月份已经大到只能做"引产"，方才作罢。气不过的薛大伯明确告诉儿子儿媳，他们老两口只顾得上带一个孙子，至于"二孩"，只能请亲家帮忙带。亲家一直在区县农村务农，从未出过门。如今，"二孩"已经1岁了，按照出生前既有的"约定"，这个小孩一直在农村跟着外公外婆，一个月才能跟城里的父母见上一面。

"儿子儿媳都怪我这个做老人的心狠。但想想吧，我不到30岁就出来讨生活，现在又过了30多年，还依然不得休息，不得告老还乡。我一个黄土都埋到胸口的老人，哪里还禁得住儿孙一起'啃'？"薛大伯很无奈。

"我家的情况不是个例。"薛大伯很肯定地告诉我，"当年我们一起进城的那些朋友，现在也都不大主张儿女生'二胎'，有的还建议儿女结了婚先不忙生，存点钱再说。'二胎'，生可以，你自己得有条件养，我们说到底还是农村老人，自己将来如何都说不好，哪能顾得上那么多？"

看过《最底层的10亿人》就知道，全球经济空前繁荣，但仍有10亿人口被甩在了发展行列之外。这10亿人，70%是居住在撒哈拉以南的非洲国家，国家经济长期陷入停顿或衰退，看不到改善的希望。而我们绝大多数国人，都绝对不是那10亿人，但要创造"人口生育红利"，似乎还有许多现实因素的阻隔，包括隐藏在城市角落的边缘人群。平素，他们很难走进我们的视野,但他们却真实地存在着。这样的"边缘人群"中的"老漂族",为国家"全面放开二孩"以及今后"不再实行计划生育"提供了重要支撑,但这些"生活本身危机四伏"的老人自身亦非钢铁,风烛残年摇摇欲坠。

"一碗汤"的距离

重庆市某专业机构的调查表明,老年人在养老方式的选择上,大多数人更为倾向"居家养老"。61.4%的居民选择基本在家养老,而14.4%的居民选择居家养老为主、社区养老机构提供部分上门服务为辅;有近10%的老年人有入住养老机构意愿,其中又有80%倾向于在离家5公里内选养老机构。

在社区里,我走访过20余位老人,有前文所述的"老漂族",也有本地的"老辈子",问及"心目中的最佳养老方式"以及"是否愿意与孩子在一起"这样两个问题,得到的回答几乎"清一色":愿意在家里养老,"日间照料中心"之类可以被视作休闲娱乐的场所,在那里跟同龄人打牌聊天很开心;对于住养老院是排斥的,只能算一种"迫不得已"的选项;内心深处还是愿意"和孩子在一起""愿意给他们帮忙"。

"虽然同一屋檐下难免磕磕碰碰不愉快,也好过晚年孤独。现在动得了的时候帮儿女带孩子,将来动不得了,但愿儿孙也能知恩图报。"一个快70岁的阿姨跟我说。她只有一个儿子,丈夫很早就过世了。儿子在重庆读大学,毕业后便留在这里工作生活，成家定居。孙子出生后，她又赶来帮着儿子儿媳一手带大孙子。如今，孙子已经念高中住校，儿子儿媳白天都不在家，她便常常出现在社区的"日间照料中心"。"那里可以花10元钱吃个不错的午饭，下午和朋友打打牌聊聊天"，下午快5点回家煮晚饭，儿子儿媳大概6点回家吃饭。

"反正我是跟定了儿子，将来也绝对不会进养老院的。"这位阿姨说。

我想，这大概也是大多数老人心甘情愿选择"老漂"的原因吧，如前文所述，且算是当下"居家养老"的一种重要形态。但是，老人与年轻人生活在一起，撇开若干客观存在的矛盾问题，无论是生活习惯，或是育儿方法都不尽相同。比如煮饭的问题，老人在米里加许多水，煮成入口即化的"粑粑饭"；年轻人加很少的水，煮那种颗粒分明的"硬饭"。比如孙儿日常如何穿衣的问题，老人主张多穿一些防止感冒，她的依据是"早起看见外面刮风了，感觉很冷"，于是初夏的阳光下，孩子还穿着长袖衬衫，扣着小背心；年轻人体质强健，不大能感觉到寒气，自己换上短袖，也给孩子换上短袖，孩子在太阳底下活蹦乱跳汗流浃背，旁人一看就指指点点："看那小孩短袖短裤穿得利索！""这种呀，一看就是年轻人带的孩子。"

"或许，亲密但有间才是最好的相处方式。"龙劲涛对我说。

当年，儿子刚出生的时候，龙劲涛的母亲专门赶过来照顾孙子。老人家操持家务忙活了一辈子，到了哪里都"眼中出活"，所以在儿子家里，母亲除了照顾孙子，还自然而然帮着儿子儿媳料理料理家务。做了一辈子家庭主妇的母亲看哪哪都有问题：瞧，你这个厕所边沿都是黑的，像公共厕所一样；瞧，你这个地上一圈一圈的黑印子,这个必须先扫后拖;瞧,你们年轻人就是不懂得节约,一天尽买些不顶用的东西浪费钱……照顾孙子,老母亲有许多"过来人"的"老办法",但是其中一些,儿子儿媳又觉得不大科学。时间一长,为了一点鸡毛蒜皮的家庭琐事,龙劲涛夫妻和母亲时不时闹些不愉快。看来三代人生活在一个屋檐下确实有隔阂,要不分开?

从儿子3岁上幼儿园开始,龙劲涛夫妻就独立地带孩子,母亲住在离他们只相隔两站地的小区,一趟公交车5分钟就到了。若是两口子有事离家,就把孩子托付给母亲暂时照管,一家三口平日时不时上门看老人,夸夸母亲屋子打扫得干净,菜烧得好吃,也做出一副诚心求教如何做家务的样子,总归让老人开心。

龙劲涛的母亲喜欢煲汤,每每煲好一砂罐的汤,第一件事就是用保温桶给儿子盛上一桶,然后匆匆忙忙给他们送过去。"揭开保温桶的盖子,母亲送来的鲜汤,还散发着刚出锅的热气。"

我曾经看过很经典的一句话:最好的距离,是一碗汤的距离。这句话是表述成年子女与父母的最优距离。住得过近或过于亲密,家庭观念的不同,会让家中平添矛盾;住得过远或过于疏离,彼此又会有很多的担心。所以,最好的距离是一碗汤的距离——从家里端一碗汤,到牵挂的人那里,汤的温度,刚刚好。

我住在成都的一位朋友,与自己远道而来的父母,同样保持着"一碗汤"的距离。朋友是广安人,大学毕业后留在成都工作,与丈夫结婚后,在距离单位步行约10分钟的小区里买了一套小户型。朋友是家中的独女,自幼父母视之为掌上明珠。待到朋友成家后一切安稳,退休的父母便举家迁来成都,在临近女儿家的小区买了一套"二手房",将户口落在房子里,一家子都成为"成都人"。父母替朋友接送孩子上学,给孩子做饭,辅导功课,朋友下班后在父母那里吃过晚饭,就将孩子接回家。父母与子女相互照应,但又有各自的生活空间。朋友家的装修简洁时尚,她父母家,则像把过去在县城的旧时光迁移到繁华的都市里。

"我当老师,我爸妈以前也是当老师,职业一样,但当下我的压力明显更大,因为现在的要求更高考核更多。爸妈作为'过来人',则觉得上个课哪有那么恼火,一口咬定是我太娇气,吃不得苦。"朋友带高三毕业班,某天同事生病她顶班,站着讲了一个上午,中午"下场"几乎"累瘫倒了",大半天缓不过劲儿来。跟父母倾诉自己的难受吧,以"过来人"身份自居的父母却认为"这有什么大不了,谁都是这样过来的"。

"冲突肯定有,体现在许多细节上,但隔着距离,密切而有间,这样肯定好很多。"朋友对我说。

同样是"一碗汤"的距离,这个距离是楼上楼下。

《青海日报》退休记者安老师,与妻子一前一后,来重庆帮儿子儿媳带孩子,如今连户口都迁到了沙坪坝区的某社区。"帮忙带孙"只是这对夫妻迁居重庆的理由之一。"咱们原本就计划定居重庆,在孩子身边养老。"安老师的爱人王阿姨对我说。

不像其他省会城市独生子女的父母,孩子在异地大学毕业,就匆匆忙忙替他们做主——先帮着他们在本地找份稳定工作,然后再想方设法唤回他们。安老师夫妻豁达宽容，总是尊重孩子的选择。

安老师的儿子小安是在重庆上的大学，毕业后留在重庆一所重点中学教书，找的对象是自己的同事。对此，安老师夫妻很看得开：西宁反正也是移民城市，大家都来自五湖四海，谈不上什么到老要落叶归根之类的，儿子不回来，咱们就到他那里去！先是落实房子的事儿。恰逢儿子儿媳单位建集资房，两个人都有资格买，于是一人选一套——小两口买一套，安老师夫妻买一套，楼上楼下。然后学车——是王阿姨鼓励安老师学开车的。本来，安老师还有些担心自己年纪偏大。"重庆是一座山水城市，你学会开车，才好带着我到处走走看看呀！"王阿姨说。

安老师有两个孙女，大孙女读小学六年级，小孙女上幼儿园中班。白天老两口帮忙看顾小孩子，儿子儿媳下班，大家一起吃顿晚饭，然后孩子们跟着父母回到楼上。

"跟年轻人若要相处好，做老人需要谨记的第一件事，一定是要少言。"王阿姨总结道。比如给孙女买衣服，虽说老两口跟孙女打得火热最熟悉，但穿什么款式选什么颜色都由儿媳决定，王阿姨绝不会按照自己的喜好来讲个一二三四，像有些固执的老婆婆那样，非跟儿媳妇儿争个面红耳赤。再比如教育方式，虽说安老师和王阿姨都是高级知识分子，也有自己育儿方面的一些独特认知，但儿子儿媳在教育孙女的时候，他们也不过多去干涉，最多说说自己的建议，大主意还是由年轻人来拿。

大孙女念小学二年级，儿媳就开始让孩子拿着公交卡独自坐五六站公交车上学。其实安老师和王阿姨对这件事起先是很不赞同的。"心疼呀，那么一丁点大的孩子，在排队上车的人群里特别扎眼。"但儿媳坚持，老两口就不再说什么了。

"第二件事，要不计较。"安老师夫妻俩的退休金加起来不少，在职时单位都办了医保，退休后把手续也转到了重庆，没有更多需要花钱的地方。他们没有必要向儿子儿媳要生活费，日常许多开支，比如水电气什么的，"谁碰上就顺便缴了，现在微信缴费多方便呀"。当初安老师为了更好地适应山城生活专门学了开车，加上儿子儿媳需要开车上班，如今家里养着两部车，安老师常常驾着儿子的车去替他加油保养。安老师的亲家住在成都，给另一个闺女带孩子。安老师夫妻俩帮忙带两个孙女也不去抱怨，"各有各的难处嘛"。儿子儿媳懂事儿，逢年过节总是抢着给安老师和王阿姨送红包。

对王阿姨来说，重庆是个宜居的好地方，甚至空气里都透着青山绿水的清新和润湿，这是空气干燥的老家青海所不能比拟的。但老家依然有她最牵挂的人，那就是王阿姨90岁的老母亲。"母亲健在，却不能在老人家跟前尽孝，真的遗憾愧疚，好在还有其他姐妹照顾老母亲，只有每年夏天回去看看老母亲。"

是的，一碗汤的距离，不只是物理距离，也是心理上亲密距离的生动比喻。两颗心灵之间的距离，要用温度来测量，而不是用直尺。这个温度是最舒适的 28～32℃，不会过热也不会过冷，在需要的时候，很快就能将温暖传递过去。

社区养老模式

养老问题是世界性难题。比中国更早进入"老龄社会"的发达国家，至今仍然没有完全解决包括政府和社会、家庭、个人的责任边界以及服务模式优化选择等养老难题。怎样建立和完善符合本国实际的养老服务体系，是各国普遍关注和积极探索的问题。

与发达国家比较，中国由于特殊的现代化进程和人口发展状况，老龄化社会呈现出速度快、规模大，并伴随着少子老龄化、空巢化、家庭结构小型化和家庭保障功能快速弱化的现象。同时，我国老年人患病比例高，患病时间长，带病时间长。这些特征叠加"未富先老""未备先老"的经济社会发展阶段背景，人口老龄化已对我国社会发展和经济增长形成严峻挑战。十九大报告提出了"加快老龄事业和产业发展"的要求，及时科学地综合应对人口老龄化，事关国家发展全局，事关亿万百姓福祉。

仅2018年，重庆市户籍60岁以上的老年人口达到了719.55万，占总人口的21.13%，其中，65岁以上老年人口516.24万，占比为15.17%，老龄化率居全国第六、西部第一，重庆即将进入超老化社会。相关资料显示，2035年，重庆老龄人口将达到871万；2050年，将接近1000万，重庆市人口老龄化不可逆转的趋势正在加速发展。重庆在全国31个省区市中，经济发展位居中等偏上水平，社会发展还与国内不少省市有较大差距，如何应对"银发浪潮"的挑战，构建符合中国国情和地域特点的以居家为基础、社区为依托、机构为补充、医养相结合的养老服务体系，是值得重点探讨和思索的。

在"社区养老"这个热门话题中，值得关注的有"日间照料中心"和养老院。

社区老年人日间照料中心，是指为社区内生活不能完全自理、日常生活需要一定照料的半失能老年人提供膳食供应、个人照顾、保健康复、休闲娱乐等日间托养服务的设施。这是一种适合半失能老年人的"白天入托接受照顾和参与活动，晚上回家享受家庭生活"的社区居家养老服务新模式。为所有60岁以上老年人开放，重点服务高龄老人、空巢老人、残疾老人、优抚老人、低保或低收入老人等。

我查阅了相关资料，发现当下一般日间照料中心提供的服务可以细化如下：

关于就餐服务。老人只需交付生活费，一天基本上是10元钱，包括早中晚餐，并且能够保证丰盛的饭菜质量。白天子女上班，没有时间给老人做饭，可以把老人送到日间照料中心，在这享用可口的饭菜，晚上再由子女把老人接回家共享天伦。

关于医疗服务。专业的养老服务团队、医疗团队入驻日间照料中心，每天为您量血压、测血脂、检查身体，时刻关注老人健康。康复室、理疗室、健身室等应有尽有。还有休息床、轮椅供老人随意使用，有的还配备了一些电磁理疗等保健设备。如果老人身体不适，日间照料站应请社区医生给老人治疗，日间照料站还应当邀请志愿者为老年人们提供各种义务服务。

关于娱乐项目。老人在这里可以进行打牌、下棋、钓鱼、跳舞、练习书法、足浴、品茶、看电影、看电视、听音乐等多种免费项目。日间照料室设有餐厅、吸油机、炉具等，也可以去餐厅自己做饭。总之为老人准备了各种各样的娱乐活动。

关于老年大学。专业养老服务员手把手教老年人手指操等一些基本的健身运动。同时设有图书馆、学习中心等。社区老年课堂，通过专题讲座、咨询指导、上公开课等形式，解决老年群体共同关注的问题。以社区老年课堂为主阵地，聘请各行业精英和专家学者组成的公益课堂义工讲师团，对老年人进行知识更新和技能培训，开展涉及法律、科学养生、医疗保健、人际沟通、家庭教育等专题讲座和咨询指导等各类知识。

实际情况是，目前许多社区的日间照料中心还在建设中，而已经建成的，常常出现其中的老人多是健全者，他们参与最多的是"娱乐项目"和"老年大学"。

在凤天路社区那个设施完备的日间照料中心，好几个正在"棋牌乐"的老人都说，他们的孙儿已经入托或者读小学念中学，他们最多下午5点赶回家弄个晚饭，白天的时间都是空出来的，就聚在这里打发时间。再者，在这里还可以顺带吃个午饭，省去一个人做饭的麻烦。

对于上了年纪的孤寡老人，或者儿女长期不在身边的"空巢老人"，养老院无疑是个很好的选择。可是，就中国的国情和传统来看，多数老人还是无法接受进"养老院"的选项。在一般国人看来，老人但凡有房子有点钱，将来动不得的时候，请个闲的亲戚帮忙做饭或者照料，也好过把自己交到养老院去，这也是今天社区另一热门话题"居家养老"的来源。我曾听一位阿姨说起过,她的老母亲被弟弟送进还算高档的养老院,两年后就去世了。她每每去看望母亲,临走时,老人像个小孩子一样,牵拉着她的衣角,哭得撕心裂肺。

我也参观过几个建在老社区的养老院。楼里,走廊两侧尽是一个个十平米的房间,如果是条件最好的单人间,里头则有一床一桌一柜两椅一台旧彩电,窗台边有一个旧式空调,夏天转动起来发出呼呼的响声,很刺耳。楼下,是篮球场大小的花园,到了可以出来散步的时间,老人们三三两两聚在一起,也看不清他们是否开心。上去询问他们关于养老院生活的细节,他们总是停滞半天,然后答非所问。

在张家湾,社区想尽办法才与辖区内的一栋商住楼达成协议,利用该楼商用的一至三层建设一个"养老中心"。为了方便老人上下,需要在楼栋外的绿地上"跨个包"修电梯。说得好好的,岂料,动工那天挖掘机刚刚到达现场,便被一群愤怒的业主给拦住了,他们说自己并不知道这里要动工修这么一个"晦气"东西。但事实上,关于这个养老中心,社区事先确实与楼栋业委会商量协调好了的,也不知哪个环节出了问题,就变成了现在这番模样。现场闹哄哄的。有人说,"养老中心"建在这里,这下得经常看见救护车,甚至殡仪馆的车往居民集中的地方开,像什么话!有人接着补充,往后烧纸钱的哭灵的也全在这附近了,不吉利⋯⋯最终,社区又是一个个加业主微信,逐个沟通解释,又是做幻灯片给业主和业委会演示所有建设环节,力证不会危害业主利益,才把"养老中心"建设的事推动下去。

"我还没有绝后,我儿女在外面。""死在屋里也好过死在外面"……空巢老人和孤寡老人大多坚持待在自己家里。在山洞社区,这样的9位老人都是社区长期上门照料。在梨树湾社区的"铁路局家属区",已经65岁的热心居民沈莉在出门买菜前,先要一一问过楼里80岁上下的老人需要帮着带点什么,她每天要在没有电梯的旧楼里来来回回上下很多趟。在团结坝,社区工作者每天都会在社区里走走,站在楼下,看看那些重点关注的独居老人拉开窗帘没有,晚上再看看他家窗口亮灯没有。沙坪坝区星缘联谊会是一个特殊的群体,会员都是中年丧子家庭,在小龙坎康宁村社区,常常有联谊会的失独老人积极参与各种公益活动。

应该说,养老模式的选择是中国传统文化、家庭支持和照顾、身体健康状况交织在一起的综合性选择。社区与居家养老服务符合我国的传统文化,使得老年人养老不与原有的生活环境脱离,符合大部分老年人的养老需求,是我国未来长期养老服务的发展方向。未来,在养老方式选择上,除了不能自理的老人,社区与居家融合的养老模式是城市老年人养老模式的优化选择。社区与居家养老融合的养老模式无论在经济角度,还是观念角度,都能更好地满足健康老年人实际养老需求。

但也有调查数据显示,重庆有1.04%的老人存在重度失能、0.76%完全失能,以此测算全市2020年需要介助和介护的老人分别为8.32万、6.08万。对于需要护理服务的老人,入住养老机构无疑是得到护理的最方便的形式,也是需要护理的老年人最好的选择,而在2019年,这样的老人入住养老机构率不足八成。

社区养老,可作为的空间还很大。

第七章

"团结坝"的杨姐

"最美城乡工作者"

前面讲过,双碑街道与石井坡街道紧密连接,这一大片,分布着我要走访的"单位型社区"——它们是大型国有企业曾经的家属区,也是重庆城区里老旧社区这个类型中最多的情况。这次,我的目的地是团结坝。我想见到团结坝的"杨姐"——这位社区工作者已经很有名气,她是全国"最美城乡工作者"。

按说,2019年深秋的这次拜会,并不是我第一次见到杨春敏。早在2018年,她作为党的十九大代表,到三角碑某大酒店的培训现场为一群自主择业转业干部宣讲,我也是下面的听众之一。当时并没有在意她的宣讲内容,因为据一般既定"传统",这样公开场合的发言稿件本身是集中人力打造的,因为一字一句都是细细斟酌,也就未免流于形式。但有两点还是引起了我的关注:其一这是一位下岗女工,其二她所服务的是一个破产的大型国企的家属区。并不"高大上"。留给我的印象,这位十九大代表很是接地气。

在奔走于双碑和石井坡采访时,因为不熟悉那一带地势高低起伏的老国企家属区,所以我常常需要打出租车找路。但有好几次,只要告诉出租车司机我要去石井坡方向,司机就会了然地说:"哦,你是去团结坝社区采访杨春敏?杨姐呀,我认识她,熟着呢!"虽然那几次我的目的地并非团结坝,但这些事情让我渐渐好奇:这个团结坝和"杨姐"看来真的有点意思呀!

经过一番提前做功课,我知道这次去团结坝社区,有两条路可选：一条路从双碑菜市场出发，经过一条弯弯曲曲比较隐蔽的小道也就是团结坝人自己想办法建设的一条"买菜便捷道"，就能够直接到达；另一条路，就是在轨道双碑站乘坐公交经过两站地，到"特钢体育场"下车，然后一路问过去。

团结坝社区，位于原特钢厂附近，本身位置比较偏，社区居委会又在远离马路的一栋小楼里，不太好找，所以居民们常能遇上问路的人。

"杨春敏？你找我们书记呀，我带你去。"第一个要给我带路的，是一个捏着购物袋要出门的60岁上下的阿姨。我不好意思让她折回去，只请她指给了我一个大致方向。曲曲折折走了一段路，到了一个凉亭，里面坐着一群打牌聊天的老人。"请问前面那座小楼是居委会吗？"闻言，几个老人都一齐看着我："哦，你是找小杨呀！对头，就在前面那栋楼里。刚才她还到这附近来转悠呢。"当然，来转悠可不是闲逛，要不她就是来看看前一天居民报修的公共设施有没有弄好，要不她就是去困难户家里问问情况，或者去每栋楼下走走，抬头看看那些"空巢老人"家的窗帘拉开没有。毕竟，老社区里的原住户大都已经步入老年，老年人如果一个人住的话一定要小心。还有各种可能让"小杨"转悠忙活——下水道堵了，路灯坏了，居民的孩子在家没人照看了……只要老百姓一个电话，再鸡毛蒜皮的小事，"小杨"能帮的，都要帮上一把。老人们跟外头的人讲起这些事时，都是真心诚意竖起大拇指："那个小杨，热心人，能干人，好人！"

国企老厂的职工都是耿直的，越上年纪越能看出这个特质。

"你这回采访小杨什么呢？她的事情已经有好多报纸在登

了!"

"我呀,不只采访她,更是来写咱团结坝的故事的。"

"故事?那不是故事,不是胡编乱造的。妹儿,你晓得不?团结坝就是那么一个真实的团结坝,杨书记就是一个真人儿……"

其实,当初是有很多人把团结坝的"真事"当"故事"的。比如,如今的渝碚路街道站东路社区书记王慧娟,当年她一身时髦装扮来到团结坝,开口的第一句话就是:"我知道团结坝的故事很有名,但我就是来这里体验生活的,不久就会离开。"她确实已经联系好了单位。但是最终,这个自认瞧不上社区工作的年轻女子却留下来了,自觉自愿,并成长为我在2020年初疫情中认识的那个管理着繁华闹市的社区书记。站东路社区是个有8000多户两万余人的社区,包含了三峡广场和火车站,这里是熙熙攘攘人流如织的商业区域,几乎每个小区每个楼栋都有与经济利益相关的事项,商铺租金、车库停车场使用……也因此,业主与业委会的矛盾问题很突出,其中,某小区在这方面特别有名。在王慧娟休产假期间,这个小区的业委会在急剧的冲突之下被迫解散了,愤怒的业主还把社区和街道给告了,认为他们不作为。王慧娟休完产假回来,迅速弄清这次"爆发"的原委,业主们反映的主要问题是业委会账目不公开,账目明细不清楚,平日业主与业委会沟通不良。王慧娟用了一个月的时间,促成了双方协调谅解,让这个小区业主对于街道社区的态度全部转变,甚至在疫情期间,这些业主还主动要求当志愿者,协助社区入户排查。

"必须感谢团结坝和杨姐,她教会了我应当如何与居民打交道化解矛盾,如何为他们做好服务,如何真心爱上这份工作。"王慧娟说。

"扭到费"的杨姐

13年前的寒冬腊月,一盆冷水从一栋老旧的宿舍楼倾泻而下,不偏不倚,正淋到前来慰问团结坝社区的一位领导头上。现场尴尬凌乱。抬头,楼里所有窗户紧闭,再也无从知晓,这盆从天而降的冷水,是无意为之还是有意如此。

冷水浇到了愣在一旁的杨春敏的心坎上。真凉啊,凉得透骨。曾经火热的团结坝,何时变成如此?

杨春敏曾是重庆特殊钢集团的职工,在团结坝生活了20多年。这是一个典型的单位型社区,90%以上的居民,是特钢厂的职工和家属。2005年,重庆特殊钢集团宣告破产,那年杨春敏42岁,儿子还在读初中。一个偶然的机会,杨春敏看见石井坡街道张贴的招聘通知。

"尽管我不知道社区工作意味着什么,但决定去试试。没想到,这一试,就是14年。"杨春敏回忆道。

那时她的想法朴素得很:工作就在家附近,不会太忙,赚钱和顾家都解决了。

在社区上班,她才重新打量起这个熟悉得不能再熟悉的地方。这一打量,竟然分外陌生:

——原先植着风雨兰的小花台被各色杂物占领,社区每个角落都有剩饭果皮，路边的垃圾桶塞得满满当当，垃圾漏得满地都是。若是遇上雨天，溢出的脏水四处肆虐，路人皆捂着鼻子小心行走。

——大年三十前一晚，一位居民家中突然漆黑一片，一番折腾后，才知道自家屋外的电线被盗割了。别说电线，只要是金属的，稍微值点钱，都是小偷的目标。毛贼是谁？居民们门儿清，无非就是几个工作没着落的年轻人。

——荒废多时的运动场，篮板不知何时被人拆掉，也不知何时开始，一张张麻将桌开始一点点蚕食运动场。

——过去，大伙儿见面亲热寒暄。现今，寒暄变成了抱怨，零零碎碎，从工作到生活，从环境到人心。

杨春敏看着陌生的社区，走一路痛一路。人心涣散、满目疮痍的团结坝，已然成为人们眼中典型的"问题社区"。

"用当时居民的话来说，叫做'环境脏兮兮，人心乱麻麻，秩序乱糟糟，问题成堆堆'。"

摆在杨春敏面前有两条路：一是按照当时应聘的想法，一切按部就班，差不多就好；二是找回原先在厂里积极的工作姿态——是呵，她曾经那么拼，用了两年时间拿到电大文凭，又入了党，42岁以后的人生，怎能随波逐流、得过且过？倔强要强的杨春敏选择了第二条路。

现实并没有太多温情。

她想搞活动活跃社区气氛，找居民借个板凳，没人搭理；她想走家入户拉近与居民距离，很多时候连门都进不去；好不容易进了门，居民立马冲她讲困难要"低保"，她想主动讲解低保政策，讲明"应保尽保，不应保的坚决不能保"，可居民却觉得"哪儿有那么多道理,我生活艰难享受低保是应该的"。居民们都是杨春敏的昔日同事,如今却形同陌路。

2006年10月,杨春敏被任命为社区代理书记。有一天,她叩开了一位高级工程师的家门。70多岁的老人把她迎进屋,又为她泡了一杯茶。不同于其他居民,老人什么要求也没讲,只是长叹一口气,说出自己的三个忧虑:1.大家这么困难,政府准备怎么办? 2.社区的党组织如此涣散,杨书记呀,你准备怎么办? 3.我作为一名党员,我能做点什么?末了,老人告诉杨春敏,自己退休金不低,愿意每个月拿出一半,交给社区帮助困难人员。后来杨春敏才知道,老人家里问题不少,女儿长期没有工作,阳台漏水很严重。这些个人困难他只字未提。

"这是老党员给我上的'第一课',时隔13年,依然历历在目。我没有收老人的钱,却记下一句话:作为一名党员,作为一个社区书记,我能做什么?"杨春敏说,"如果我的作为,让大家感觉党和政府在他们身边,那我一定能够把大家再次凝聚起来。"

最终,一位退休教师的话点醒了杨春敏,让她找到"可以为大家做的第一件事"。这位老教师紧绷着脸说:"你们连卫生都搞不好,还能做什么?!"

杨春敏当下决定,改变社区就从改变社区环境开始。

与企业脱钩的老旧社区没有物业公司接手,而居民们每户每天只能给付清洁工一毛钱,"杯水车薪,清洁工能做的很有限"。

垃圾太多,清洁工直接摆摆手说干不了,杨春敏就带着社区干部自己弄。居委会的几个大姐,亲自动手清淤除渣,整治卫生死角。

"最开始,居民们三三两两地趴在自家窗台,或者拿个小板凳坐在阳台嗑着瓜子看我们做清洁。指指点点,说说笑笑。"

社区最难解决的一个垃圾坑,在一处边坡旁,深达8米,一眼见不着底。臭气熏天,别说清理,根本没路可下。里面情况如何,也没人知道。看着这个深坑,大家都犯了难,有人甚至想放弃。可杨春敏很清楚:不能放弃,因为背后有无数双眼睛盯着,看咱们到底能不能解决这个难题。杨春敏提出要下去"侦察敌情",旁边人都赶紧劝她:杨姐啊,去不得!下面这么深,万一出事怎么办?

"别说是一个垃圾坑,就是火坑,我也要下去扑灭它。"杨春敏很坚决。

她找来一根麻绳拴在腰上,让同事把她从边坡上吊下去。好家伙!这回看清楚了,原来坑底有一条管道,对着外面的河。管道源源不断地排水,垃圾堆积到一定程度,就会被水流冲走一部分,又制造出可以继续堆垃圾的空间。杨春敏头皮发麻:既污染了河水,又便宜了乱倒垃圾的,这还了得!

于是,杨春敏开始"吊"在坑里人工作业,一筐一筐地往上清运垃圾。一天下来,她的腰勒出了很深的血痕,一碰就疼,咬着牙消毒上药;陈年垃圾又脏又臭,如此亲密接触,回头无论怎么清洗,身上还是臭烘烘的。两天后,当杨春敏再次准备下坑的时候,几个党员居民带着工具也站在了坑旁:嘿,杨姐,算我一个!

"别人都不计得失为大家做事,我一个几十年党龄的老党员哪里还坐得住。"居民王朝吉说。

"活儿又脏又重，杨姐带起几个女娃儿在那儿干，我们这些大男人确实看不过眼。"另一个居民说。

杨姐带头干，社区老党员参与，紧接着年轻党员加入，再接着热心居民入伙，后来越来越多的居民加入。最终，大家一起动手。久违的老街坊之间的温暖，在团结合作中慢慢回归。

再次入户时，杨春敏发现，原先一张张冰冷的脸，渐渐转化为一张张微笑的脸。

社区的事，摊开来说都不大，却颇费周章。"没得点'扭到费'的劲头，恐怕办不成。"杨春敏说。

"扭到费"是重庆方言，指抓着事情不放手。这句"扭到费"外化到团结坝居民那里，最终变成了"有困难，找杨姐"。

社区长期存在水电气报修问题，却没得到及时受理，群众对服务站的议论都传到了杨春敏耳朵里。好解难题的"杨姐"亲自拿着一堆维修申请去了服务站，等了好几天，一点反应也没有。再次上门，得到的依然是"等一等"的回复。几个回合之后，"杨姐"改变策略，她制作打印了一大堆"满意度测评表"。测评对象是谁？水电气服务站。谁来测评？团结坝的居民们！结果可想而知。几天后，"杨姐"夹着一摞"满意度测评表"直接找上服务站的领导，请他过目这堆表。

"你这是干啥，啊？！"这个领导翻翻表，或许是里头的评价挺刺眼，他有点脸红，但瞬间又被怒气代替。

"帮你们的服务做测评呀！""杨姐"笑眯眯地回答。

"你凭什么给我们搞测评？！"

"就凭我是团结坝的社区书记,服务辖区企业是社区党委引领社会治理的重要职责。"

软磨硬泡,千方百计,团结坝的水电气报修问题得到了解决。

见到有人收集杨春敏的"小故事",刚刚结束"坝坝舞"的大妈们围上来,围着我七嘴八舌。原来,喜欢"扭到费"的"杨姐"在居民口中都有着不同的故事。

2008年的一天,一位居民怒气冲冲找到居委会,大声嚷嚷:"太不像话了,天不见亮就烧树叶,人都要呛死了!"原来,他的住家后面是一个垃圾转运站,四五月份,黄桷树大量落叶,环卫工每天清早4点多钟便开始焚烧树叶,升起的浓浓黑烟呛得住户难受。看着残留的余烬,杨春敏决定,今天晚上她就守在这里,等环卫工烧树叶的时候与之交涉。杨春敏凌晨果然抓了个"现行"。那个工人当时答应不再烧树叶,可几天之后,呛人的黑烟照样升起。毕竟,处理烧成灰的落叶要轻巧得多。犯了倔的杨春敏在社区排班:"既然这两个月是落叶期,那社区干部就轮流每天到现场值班,阻止烧树叶。"最终,这种污染环境的行为被彻底终止。

2018年12月31日晚上,刚刚下班的杨春敏又接到一个举报电话,有人告诉她,一辆货车正在詹家溪附近乱倒垃圾。紧接着出现了这样一幕:杨春敏和几个同事与那辆货车直接对峙了,货车司机态度蛮横:"你哪只眼睛看见我倒垃圾了?""倒了就倒了,还能怎么样?"

"我们几个不好对付的。一个同事直接拦在他车前,不准他离开。我就和他理论,明确告诉他,今天你在这里倒了3车垃圾，你就必须负责把这3车垃圾全部装走，倒在规定的地方；否则，你绝对走不脱。"杨春敏说。

从晚上八点到凌晨两点，本想一走了之的货车司机在"扭到费"的"杨姐"跟前，还是乖乖认怂了：3车倒在河边的垃圾，硬是一车车全部清理运走。"杨姐"就那么站着谈判着坚持了6个钟头。

而大妈们几乎都谈到的一件大快人心的事是"占领运动场"。当年，一些待业居民为了生计，将原属于公众的运动场霸占来开茶馆、麻将馆。运动场里，摆了上百张桌子，动不动就有上千人打牌喝茶，蔚为壮观的场景，还被封为"亚洲最牛茶馆"上了热搜。2010年，在街道的支持下，杨春敏带着社区干部开始对足球场上的茶馆、麻将馆进行劝退，发动居民们到运动场锻炼。那简直是一场拉锯战。每天一早，"杨姐"都带着人"抢占地盘"，等着前来锻炼的居民。如同"宣誓主权"，把早已被拔掉的篮板重新竖起，在原先搭着窝棚"藏污纳垢"的运动场边缘架起乒乓球台、建起儿童小游乐场……几个月下来，"扭到费"的"杨姐"把像模像样的运动场还给了居民。

小杨，杨妈妈，杨婆婆

2009年除夕，杨春敏给居民们拜年，随机敲开了一户人家。她刚想照例说点吉祥喜庆的话，可却被屋里的场景噎了回去。一个头发全白的老婆婆，带着两个10岁上下的小女孩，围坐着吃年夜饭。可是，桌子上除了一些炒素菜之外，一点荤腥也没见。

"杨书记呵，你问我年怎么过成这样？我跟你讲，老太婆造孽得很，七老八十，还拖两个这么小的孙娃子。她们都没人管。"老婆婆对杨春敏说。

原来，两个女孩，一个8岁叫小美（化名），一个10岁叫小佳（化名）。小美的父亲失踪，母亲在监狱服刑，小佳则父母都是服刑人员。按理，两个失去生活依靠的小女孩都应该享受低保，但是却没有。杨春敏甚至不知道社区还有这样困难的居民。

"我非常自责，同时也幡然醒悟，我不能等着群众来告诉我——我困难，我需要帮助，我要做的应该是主动贴上去，嘘寒问暖。"

于是，团结坝的"三个居务"渐渐成形：

——针对失业人员实施"牵手居务"。一手牵着用工企业，一手牵着失业人员。一家一家地去跑用工企业，收集用工信息，向他们推荐社区失业人员；一家一家地去入户走访，了解失业人员的家庭情况、求职意向、技能特长，向他们推荐岗位信息。用了一整年的时间，帮助400多名失业人员找到了新的工作岗位。

——针对空巢老人实施"温暖居务"，发动党员和志愿者陪伴老人，并与老人子女保持密切联系。

——针对困境儿童实施"阳光居务"，由社区工作者与孩子"结对子"，陪伴孩子过节日、过生日、代开家长会。

"牵手居务"，下岗职工放不下国企架子，不肯从事低三下四的服务行业，杨春敏会以"大姐"的身份去劝说，顺便讲讲自己下岗之初做火锅店的经历。

"温暖居务"，杨春敏是"空巢老人"跟前的"小杨"，陪老人聊天散步，每天留意老人的起居状况，"最起码，早上要看看他拉开窗帘没有，晚上再看看他窗口亮灯没有"。好几个除夕，"小杨"陪老人们一起包饺子、做粉蒸肉，一块儿过年。

"阳光居务"，杨春敏是孩子们口中的"杨妈妈""杨婆婆"。

2009年春节之后，"杨妈妈"来到了8岁的小美身边。一头利落短发的"杨妈妈"是个大嗓门，大家都说，只要她在居委会，老远就能听到她的声音。不过在办公室辅导小美作业的"杨妈妈"，却轻言细语，格外耐心，检查作业时，连一个词汇的小毛病都不会放过。考了好成绩的小美，自豪地牵着"杨妈妈"的手去开家长会，见着老师同学就介绍："这是我的杨妈妈！"刚见小美的时候，她个头才到"杨妈妈"胸口，如今小美快18岁了，长得比"杨妈妈"还高。可大姑娘见着"杨妈妈"立刻变成"小乖乖"，搂着"杨妈妈"，猝不及防一个甜甜的吻。

"杨婆婆，你牵着我的手，乖乖打针就不疼。"小男孩生病了，杨春敏在医院守着他。小男孩一边吃着热热的抄手，一边扯着杨春敏的衣角撒娇。

小男孩是社区居民小曾的孩子。小曾丈夫服刑，自己无业吸毒，带着两个未满4岁的孩子，整天居无定所。居民小曾在团结坝属于有名的"麻烦人"，或者说是社区的重点人员。其实，不仅她丈夫服刑，她自己因为长期吸毒原本也要面临铁窗命运，当初为了争取"监外执行"，才赶着生了"二孩"。这样一来，两个孩子都十分可怜。有人看见初冬时节，孩子们还穿着单薄的衣衫，孩子的吃食她也不会照管，因为她自己总是吃了上顿没下顿，又不愿意出去干活。据说，她走进超市，别人会窃窃私语："那个小曾又来了，要看好东西。"面上的荣辱这个女人已经不管了，还常常找出各种理由问居委会的人要钱。比如，一次她抱怨寒假两个孩子都要回家，在家里一天三顿花销很大，就给杨春敏发微信求救。杨春敏思虑再三，还是决定再帮她一次。

"那次，我给她'寒假救急'的微信红包封面，写着'万分失望'几个字。"杨春敏说。

孩子们哀怜的小眼神，深深刺痛了杨春敏。她向街道申请对接帮扶资金，一手一脚帮小曾把老房子收拾出来，让孩子们居有定所。杨春敏把两个孩子送进附近幼儿园，像一个亲婆婆一样，早上送孩子上学，放学接孩子到社区吃饭。晚上把孩子带回家洗完澡，浑身香喷喷、光着屁股的小男孩，会高兴地在杨春敏床上翻跟头。其实一开始，孩子戒备心很重，杨春敏递上的西瓜他们都不敢接——因为他们的母亲总是告诫，穿制服的不是好人，他们给的东西有毒。可是处久了，他们都喜欢往杨春敏怀里钻，抢着要杨春敏亲。他们拉着杨春敏的手，一口一个甜甜的"杨婆婆"，不舍得放开。

杨春敏的"乖乖"还有许多。

结对子，大伙儿得自己掏钱给孩子买衣服、买学习用品、送生日礼物、给压岁钱。"是呀，我们都不富裕，但请孩子吃一顿汉堡送点小礼物，也不会倾家荡产呀！"杨春敏快人快语。

第七章 "团结坝"的杨姐

"不论是'杨姐',还是'小杨、杨妈妈、杨婆婆',在团结坝,不管居民们叫我什么,我始终记得,我是他们的家人。"杨春敏翻着一张张合影照片,扬起了嘴角。

为了方便服务居民,杨春敏在社区推行了"网格化"的管理模式,以楼栋为单位,约50户居民组成一个网格,选出一名网格员为大家服务。杨春敏实施的"网格化"很细致——社区11个消防栓、103盏路灯、8座公厕、47个化粪池、33个燃气总阀……全部逐一划分给居民小组的网格员和小组长。这张网没有漏掉任何一处空白点。依托"网格",杨春敏建立了社区工作者"出门一把抓、回来再分家"的民情走访工作机制。每年,她都坚持带领工作人员遍访辖区2369户居民和社会单位,广泛收集社情民意,采集录入居民家庭信息和居民需求,将社区服务管理触角延伸到每个居民楼栋。

"老师,社区有么子培训班没得?"刚进城务工的云阳县文龙乡顶兴村农民小王,有点紧张地走进沙坪坝区石井坡街道团结坝社区办公室咨询,没想到碰到"熟人"——前几天才上过他家了解情况的社区流动人口协管员袁秋仪。小袁和他摆了会儿龙门阵,了解了王小军的培训意向,并作好记录。

在沙坪坝,外来打工者被亲切地称为"新邻居",而团结坝社区,则是这个亲切称呼的"发源地"。

2008年,随着特钢厂部分老社区危旧房的拆迁以及外来农民工的增多,团结坝社区原来的"熟人社会"面临冲击。许多人住了很久,还不知道对面住的是谁。

"我们调查发现,老住户对新邻居有戒备,而新邻居又担心受老住户欺负。"杨春敏说,"打破这种心理鸿沟,必须从相互了解开始。"

社区设计了"三步走"的方式来填平"鸿沟"。第一步是开设新邻居服务窗口,社区流动人口协管员、楼栋长等主动上门,为新邻居介绍社区情况,告诉他们社区可以提供哪些帮助;第二步是在社区数据库里建新邻居民情档案,并在楼栋入口添加新邻居所住门牌号;第三步是通过举办社区活动,让老住户、新邻居在活动中有机会交流,拉近二者距离,实现"巷内无生人、邻里一家亲"。

"每三个月,我们还要对新邻居主动回访一次,看看他们有啥需要解决的问题。"杨春敏说。长寿农民工梅大姐的困难正是这样被发现的。之前,梅大姐在一家餐馆工作,因病想辞职,但餐馆认为其工作不满一年,不愿退押金。社区了解到后,请来双方进行协商。最后,梅大姐得到了退还的押金和19天的工钱。

在社区开着一家废品收购站的老杨,是四川岳池人,来这里八九年了,但和社区熟悉起来也就是近两三年的事。通过"新邻居"活动,他接受培训的需求被记入档案,并参加了消防、卫生等培训;通过社区举办的活动,他认识了更多老住户,还和他们成了朋友。"社区让我有家的感觉,我准备在这里'扎根'了。"老杨说。

社区环境好了,就业问题解决了,邻里之间熟悉了,怎样才能更好为群众提供精准化、精细化的服务呢?社区建立了"三张清单"机制,将辖区社会单位能够提供服务的项目整合成"资源清单",与居民的"需求清单"对接,形成民生实事"项目清单",社区由之前的"单打独斗"逐步走向了与驻区单位的

第七章 "团结坝"的杨姐

"抱团合作"。截至 2018 年 10 月中旬,通过"三张清单"共解决各类诉求 300 余件。

每周三,团结坝社区雷打不动召开"每周网格民情分析会",参会人员包括社区干部、居民组长、支部委员、居民代表和网格员。这个会议,没有多余的流程,只谈问题、解决办法及解决情况。大到社区存在的安全隐患,小到居民家中需要换灯泡、修管道,都拿到会上讨论:"作为社区干部,你为居民做了什么,可以当面汇报。而解决问题前什么样子,问题解决后又是什么样子,全部以图片和视频为证。"

这是团结坝的社区居民微信群,有 201 个人,里面的东西很直接——居民在群里提出问题,社区干部在规定时间内调研作答。

"您好,我家门口大树断枝晃来晃去,很危险。"

"好的……断枝已处理。"

"群众反映下面拦车的栏杆能不能取了,影响错车?"

"好的,我们立刻实地查看。"

……

别的微信工作群时不时出现五花八门的链接、红包,刚刚一个重要通知,转眼被抢红包、点赞的消息覆盖。而这个居民微信群却始终干净利落。"杨姐对这个群约法三章,特别强调这是一个务实高效的群,不许发链接不许发红包。杨姐较真,踢走过好几个人。"社区工作者秦成说。

"社区里有议事亭、童话谷、动物村、新二十四孝宣传画,还有才落成的'德治公园',老旧住房享受了小区服务品质,让我们生活在这里,感受到了尊严和幸福。"79 岁的胡清智在"七一"发言稿中写道。

2017年,杨春敏光荣地当选为党的十九大代表,亲自前往人民大会堂,聆听习近平总书记治国理政的大政方针。回到社区,她在院坝爬坡上坎,用老百姓听得懂的语言,传播党的声音:

"实现小康目标,我们人人有责!

"作为一名基层党员,千言万语,最好的赞誉,不过一句'群众满意'!"

"团结坝"招数

2019年的秋季,我去过团结坝以后,很感触,于是顺便写了一篇叫做《团结坝的"杨姐"》的小文发在《重庆日报》上。不久,我在另一个社区走访时,有一位习惯于从报箱取报阅读的居民问我:"你那篇写团结坝杨春敏的文章是节选的吗?好多东西似乎并没写完呢!"我有些惭愧,支支吾吾:"哦,报纸篇幅有限,所以也就写了这么多,本来想多写一点……"

"团结坝的事情,应该多写点。你知道吗,重庆算得上工业城市,国企数量很多,尤其是20世纪90年代转型的多,所以在好多地方都有团结坝这种单位老社区,这种社区很有意思的。"那位居民对我说。

于是,我萌发了再次到团结坝看看的想法,毕竟上次去,一会儿有街道带着人过来参观,一会儿又为了是否需要先垫资处理房屋渗水，居委会一干人争论得面红耳赤。采访只是进行了半拉子。报纸的版面有限，刚刚好，我实时采访主题也差不多，但总是缺些意思。

2019年11月再去团结坝，是按照事先约定的上午9点半，这个时间恰好，杨春敏刚开完社区安全形势分析会，有时间细聊。

办公室里，杨春敏一边同我说话，一边顺手将刚才开会的图片发到社区居民群里。"你看，发照片也有讲究，照片一定要包括投在墙上的幻灯片的主要内容，这样更多的居民才知道你开这个会是为了解决什么问题。"杨春敏递过手机给我看。

饶是专门腾出采访时间，还是有人在找杨春敏。有社区工作者请示辖区里的机动车通行问题，草拟的提示牌文字十分书面化，"社区内部道路禁止机动车通行"。

"咱们社区能通行车辆的不就只有一条路，那些坡坡坎坎的，车能上去吗？再说，什么车辆能跑那么窄的道，不就是摩托车吗？"杨春敏一针见血，"就直接写'此路不准摩托车通行'！"

杨春敏告诉我，在社区这么基层的地方做事，就得把花哨的东西摘得光光的，实打实。

比如拆迁。团结坝属于老旧社区，部分危房地块陆续进入征地拆迁环节。征迁工作启动伊始，社区便专门建了"排危推进群"，社区工作者、征迁办人员和相关居民都在那个群里。群里放上跟工作进程相关的图片——包括社区加班加点核查数据、资料、图标，还有补偿核算方式，一切公开透明。仅仅30天，待搬迁的106户中，就有95%签了字，不少家庭不但签字而且提前交房，先行搬进"过渡房"里。在之前的社区走访中，我有意无意听到过很多关于征地拆迁、国家征收这类的故事，但这些几乎都是社区的重点难点事件。讲这些事情，社区党委书记、居委会主任还有一干社区工作者都皱着眉头，经历过了再回味依然觉得极不容易；正在经历的，在讲述中会有所保留，因为有的细节实在敏感。杨春敏是少数能大大方方说起这类事情的人，且脸面上明显带着得意之色："这个事情团结坝确实完成得好，不是说我们这些人有多能干，而是我们让所有细节公开透明，让大家看到这样敏感的事情没有半点猫腻，很实在。大家信任社区，事情就好办了，这点最关键。"

再比如劳资纠纷。团结坝有个私人老板经营的食品厂要搬迁，因为新厂址距离主城很远，许多工人因此辞职，并要求老板结算工资。但老板却以资金短缺为由拒绝了工人的合理合法要求。心急如焚的工人百般无奈之下找到社区，杨春敏没有多少啰唆话就接下了这块烫手山芋。有人犯嘀咕觉得她不应该多事，她还是那句老话："我是团结坝的社区书记，服务辖区企业是社区党委引领社会治理的重要职责。"社区启动了"一案两人三组团"的老惯例——"两人"是指管那一片儿的网格党支部书记和社区综治专干，"三组团"指引入第三方专业机构（律师、社工、"特钢能人"等）协助力量。这件事，社区不仅实现了"专人专管"，还请来律师帮忙上诉，最终为工人们讨回了应得的工资。

关于社区治理，杨春敏有两个观点：第一，社区党委书记是谁很重要，国外有个"1∶10∶100"的管理理念，"1"是指领导，"10"是指团队，"100"是指受众，由此可见，"1"有着最深远的影响，他的一举一动能广泛传播；第二，社区骨干很重要，同样来自国外的管理理念，"四分之一的人拥有四分之三可调控的资源，就能干成百分之百的事"。在杨春敏看来，不仅仅是社区工作者，社区的老党员、与社区工作者私交好的或者说从内心深处认同党和政府的都是那"四分之一"。

杨春敏的"四分之一"确实给力。

在团结坝，几乎每个社区工作者都能自己着手解决一堆问题，极少有人把遇见的困难矛盾直接上交给社区。就像有人怒气冲冲赶到社区居委会吵着要找领导，这个人还没跨进门槛就有社区工作者主动接待，问了问是房屋户口纠纷，社区工作者就拍拍胸脯，这事儿我帮您搞定。那人看看面前的小姑娘："凭你，可以处理这么复杂的纠纷？""相信我，没问题！"

还有一帮群众骨干。

社区支部书记胡清智，原先是特钢厂的中层干部。我上次造访团结坝，就与这位老人打过交道。听说我是个作家，老人还拿出"七一"时写的一份发言稿给我看，要我指正——老人被评为2019年度街道的优秀共产党员。

一次，有一对老夫妻找到了胡清智，家住二楼的他们家中又遭遇"水灾"了。老两口的儿子是公务员，在城里也有房子，可他们到底念旧不愿意搬走。老房子的毛病就是下水道常常堵塞，对老两口来说，眼下的问题很棘手：一楼受不了经常"水漫金山"便擅自请人改装了下水道，这样一来，二楼堵塞的频率更高了，且不说掏一次下水道要花费百来元，经常弄，人累心累。老两口想动用大修基金彻底解决这个麻烦又不现实，于是胡清智出面去跑，找到了一家做下水道的，又赶着征求二楼以上的意见，结果家家户户都愿意出钱改装下水道，因为这样可以从根本上解决问题。

日常帮着邻居跑跑颠颠，有时还要自掏腰包。单元楼门口的铁门锁坏了，问了价发觉并不贵，胡清智没怎么犹豫，就自己拿出30多元重新配了一把。如果不是有路过的街坊邻居看见，楼里的居民都不知道谁把坏掉的大门门锁换了新。

自掏腰包几十元还算小事，遇见大事几千元都有人帮着垫。前一回到团结坝，遇上80岁的社区党委委员、居民王朝东，在居委会办公室跟杨春敏争得面红耳赤。起因就是这次还能不能再垫钱。

原来，社区里有一户住在9楼的居民，把原先楼顶的空中花园全部铲掉，然后搭建了违章建筑，后来按照市政管理要求必须拆除，他一阵三下五除二全部弄光就赌气搬到别处住，也不愿意再接着收拾。结果，因为他的粗鲁举动，屋顶的防水层被破坏了，一场大雨后楼顶开始往下漏水。他的屋子漏穿，又殃及八楼，八楼被雨水浸泡得乱七八糟，关键是还有独居的老婆婆住在浸满水的屋子里。从楼顶到八楼，所有的维修费用得数千元，一直联系不上九楼的人，又不忍心瞧着老婆婆遭罪。情急之下，一直协调此事的王朝东直接表示，自己愿意先垫钱把事情办了。但这个想法遭到杨春敏反对：其一，王朝东不是第一次替人垫钱办事了，这次如果垫了钱，也不知道九楼是否愿意还回这笔钱。毕竟，王朝东只是个社区居民，凭着一颗热心为大家服务，没有义务更没有责任。作为社区书记，自己理应保护这样的热心居民。其二，这件事9楼做错事在先，如果为他先垫钱，担心由此开出不好的先例。倔强的王朝东却偏不依，于是那个透着闷热的午后，他和杨春敏各执己见、互不相让。

但事情最终还是圆满解决了，据说9楼主动拿钱解决了这个问题。

这回我到团结坝找杨春敏的时候，还碰见社区另一位支部书记，70多岁的王朝吉。我在居委会看见他的时候，他正在清点刚收到的党费，一大把零钱，全是一元、一角的。王朝吉眯缝着眼睛，认真核对。

"哎，这些老人应该主动学学怎么玩转智能手机，网上缴费简单得很！现在微党建就有这项功能！"王朝吉说。其实几年前王朝吉也用不来智能手机，那时连买件夏天的衬衫都要步行很远到街道的实体店。后来社区组织老人学习如何使用智能手机、如何用微信、如何淘宝网购，王朝吉很快学会而且玩得很转。不仅在网上购小件，甚至在电商平台买过一个电冰箱。

"你说我，每个月有3500多元退休金，儿女也不用我操心，如果啥事不做闷在家里，日子过得也没有什么意思。"

其实，王朝吉的思想原先并不这么先进。他1992年提前退休，眼见着一个大国企一点点衰落。2005年厂子破产后，更是很长一段时间找不到组织，甚至连交党费的地方都找不着。这个能干人就开始对自己一直生活的地方置之不理，"说实话，当时我对厂子破产工人什么福利也没享受到还是颇有怨言"，于是，他去帮自己女儿带孩子，而且带得特别好。有一天，刚当书记不久的杨春敏给他打电话："王老师呀，你原先在厂里是个活跃分子，来给我帮帮忙如何？"天天抱孩子其实也会腻味，像过去在厂里一样跑跑颠颠，说不定很新鲜。于是，他做了居民小组长，亲眼目睹了昔日的团结坝从破败中一点点改头换面，当然也亲身参与了许多事情。

团结坝多的是繁复的居民杂务。旧楼房，2楼爆管，水漏到一楼，一共产生了300元修葺费用，楼上楼下扯皮。王朝吉出面，苦口婆心说服楼上出一部分，楼下出一部分，化解了矛盾；晚上10点过，9楼一户人家水表下面的那根主水管爆裂，一个电话过来，王朝吉就气喘吁吁地抵达现场，帮着这家人把水闸关闭，然后立马协调修理工人第二天早上8点过来修理，"我是为居民着想，一直不用水还是很麻烦，能尽快修好就尽快"。

好社区自然能够留得住人。社区里有一位企业退休职工，户口随儿女迁到其他城区，跟着年轻人住在周边配置完美的新兴小区里，可是总觉得不习惯，晚上还老是失眠，说来说去还是想念原先的熟人熟事，最后硬是搬了回来。

杨春敏还认为：政策，其实落后于新出现的问题，所以应当在不违背政策的前提下，创造性地解决问题，让党和国家的惠民政策更好地与群众对接。就像团结坝居民喜欢抄山坡边的一条近路到双碑菜市场，否则绕行要花费半个小时。路不成路，完全是脚印重脚印踩出来的。群众有需求，但那条近路本就是要开发的地方，修路需要十几万，这笔费用政府不会出，社区又不能置之不理。最终，社区凭借自己的人脉，找到一个曾互惠互利的企业帮忙修路，解决了问题。

在一般人看来，社区工作婆婆妈妈，杂碎消磨时间，年过40的中老年人去干这事正合适，年轻人特别是读过大学的年轻人做这些实在是一种浪费。但是在团结坝，出现了越来越多的"85后""90后"甚至"95后"。

"社区工作可以看作一份事业，努力做好必定能获得成就感。"越来越多的年轻社区工作者认同杨春敏说的这句话。

2013年1月,有一个出生于1983年的年轻时髦女子来到社区工作,面对一帮大姐,一开口就是:"我就是来这里体验生活的,权当挂职吧,你们不要想着管我。"这也是真话,那个女子来社区前已经联系好一个媒体单位,计划几个月后就到那里去上班。但是最终,这个当初压根没瞧上社区琐碎工作的年轻女子留下来了,一干到底。她就是王慧娟。

2007年,王慧娟大学毕业,生性爱自由的她与母亲在就业的问题上发生了激烈冲突。王慧娟想要创业,哪怕自己做一份小生意也成,不受管束的生活就很快乐;经历过大风大浪的母亲则一心想要女儿做一份稳定的工作,进编制当然是困难的,但除此还有一些选项,比如到社区。母亲认识几个街道的朋友,也道听途说过许多故事——于是,母亲极力主张王慧娟到社区,说那个地方工作起来轻松好耍,每天只上半天班,而且灰色收入多。当时,王慧娟确实一心想要创业,但目标方向尚不明确,但是有一点,虽然她从没想过要寻一份稳定的工作,但认为"混一份保险"也是不错的,毕竟缴纳养老保险和医保一个月下来得上千元。

王慧娟遵从母亲意愿到了石井坡的某个社区,整整五年,她亲眼看见城市基层一线存在的许多问题和弊端。但民生问题的根源很复杂,有很多并不是社区这个层级所能解决的,作为社区工作者,常常被一种无力感折磨。社区,因为距离群众最近、对群众来说最触手可及,于是大家又把种种不满情绪全数发泄到社区身上,令社区处于两难境地。处理各种光怪陆离的扯皮事件,应付自上而下交办的各项任务,王慧娟每天忙得脚不沾地。原来,所谓社区清闲啦、只上半天班啦纯粹只是故事而已,"灰色收入"更是传说,社区自己连一分钱经费也没有,还常常需要垫钱做事。

2013年初到团结坝之前,王慧娟已经决定放弃社区工作了,她与苦口婆心相劝的母亲坐下谈心,她对母亲叹息:"五年了,我在社区起早摸黑付出那么多,要是另外换个工作,耗费这么多时间,早就出人头地了。"这次,母亲也不好再说什么。等到物色好下家,王慧娟就找到石井坡街道领导谈了自己的想法。但街道领导舍不得聪明泼辣的王慧娟,便使了个缓兵之计,答应给王慧娟换个环境。就这样,她以挂职副书记的名义去了团结坝,抱着最后再浪费几个月时间的心态。

"我知道团结坝社区挺有名,故事很多,但恕我直言,社区那些东西就是夸出来报道出来的。社区跟社区之间,差不多。"王慧娟跟杨春敏说得很不客气。

"那好,你跟我去看看,什么叫'差不多'。可能有的东西不是差别,而是差距。"杨春敏也回答得很不客气。

那几天,杨春敏几乎天天跟王慧娟聊,更带着她走走看看:"你可以什么都不管,只需要看着我怎么做。"短短一个星期后,某天早晨,王慧娟一身爽利地来到杨春敏跟前,已经换下了刚来时的长款风衣和高跟鞋,她直接跟杨春敏说:"书记,让我试试,我和你们一起干。"

"有两个事情我最佩服杨书记,一个是她努力争取群众对社区的认同,第二个是善于换位思考。跟着她一起干,让我觉得自己原先的许多思路是不对的。其实每一件事情都有意义,这些小事构筑了真实的团结坝。"王慧娟对我说,"后来我恍然大悟,甚至特别想像杨春敏那样,亲手建设一个像团结坝那样的好社区。"

虽然王慧娟没有更具体地举例说明，但我对这两点体会很深。

就像杨春敏 2005 年在社区带头打扫卫生，别人会嘲讽："哟，打扫卫生呀，上头检查组的又要来了？"后来她天天都干这件事，不带任何功利性和目的性。群众看在眼里记在心头，又怎能不认同？

就像疫情期间，有居民到社区问："现在口罩短缺，社区为什么不分发口罩？没有口罩，我们去不了超市，甚至连门都出不了！"或许有的社区工作者会据理力争，强调自己要发挥主观能动性，但杨春敏则会深入分析，是不是他们家里确实有什么实际困难，要不为什么火急火燎地直奔社区而来？社区又能从哪些方面帮到他？

之后，在团结坝一步步成熟起来的王慧娟，到渝碚路街道站东路社区担任社区党委书记。

王慧娟还记得，渝碚路街道党工委书记与她谈话，书记觉得这两个社区差别很大，笑着问道："'团结坝经验'在站东路还能有用吗？"王慧娟明白，很多人都认为团结坝经验不可复制，因为团结坝毕竟是一个居民住户少的老旧社区，遗留着国企家属区的许多独有特点，比如团结、无私、彼此熟悉，等等。

"现在想想，让我到站东路社区，街道还是冒了很大的风险，因为我不一定适合这样被商圈包围的中心地带社区。"但王慧娟依然觉得有胜算，胜算在于从团结坝学到的思路和方法。

"比如'网格化'团结坝推行得很好，我也推行'网格化'，利用微信等平台搭设'空中网格'。还要看到，城区中心地带居民素质比老旧社区高,但老旧社区的居民因为圈子简单则淳朴许多,中心地带居民几乎要完全挑不到'刺',才肯信任人。问题虽多,但要把问题当做启发,我们主动去想去做。"

与王慧娟几乎拥有相似经历的,还有现任石滨路社区党委书记的秦成。当年,因为不甘于社区工作,大学毕业的秦成表现得缺乏活力,在其他社区当实习社保员,总是评价不高,连定岗考核也是险些没过。到团结坝当网格员以后,秦成在火热的氛围中与居民们打成一片,在解决问题的过程中,慢慢变得泼辣、主动、干练,活像换了一个人。

"其实不是换了一个人,是在这个火热的社区,他们的潜力被充分发掘出来了。"杨春敏告诉我。